KB129271

복 수 를
합 시 다

새소설

06

복수를 합시다

배상민 장편소설

자음과모음

차례

사연과 고통

내가 하는 일은 온갖 사연들이 올라오는 게시판을 관리하는 것이다. 중소 규모의 포털 사이트이다 보니 사연 게시판에 올라오는 각종 사연이 우리 회사가 내세우는 중요한 콘텐츠 중의 하나다. 게시판 조회수가 저조한 날이면 사연을 창작해서 올리기도 한다. 나는 특히 이혼을 앞둔 여자를 주인공으로 삼을 때가 많다. 결혼한 지는 2년 정도, 아이는 아직 없는 게 좋다. 연애 때 한없이 다정하던 남편은 가사를 돕지 않는다. 여자는 이것 때문에 힘들다. 하지만 이 정도로 게시판 사연을 읽는 사람들의 분노를 끌어 올리기는 힘들다. 이런 건 기본 설정에 불과하고, 여기에 본격적인 뭔가를 더 첨가해주어야 한다. 이를테면 기름을 부을 수 있는 것들. 흔한 건 불륜이다. 가정적이지 못한 남자가 나가서 다른 여자들을 밝히고 다니는 것이다. 이 정도면 쉽게 공분을 이끌어낼 수 있겠지만, 신선한 맛이 떨어질 수도 있다. 그래서 최근에 유행하고 있는 식탐을 부리는 남편으로 방향을 잡기로 했다.

남편은 여자가 올 때까지 집에서 손가락 하나 까딱하지 않는다. 밥상을 차리는 건 언제나 여자의 몫이다. 문제는 힘들게 밥상을 차려놓으면, 그녀가 밥상에 채 앉기도 전에 남편이 그녀의 몫까지 다 먹어버리는 것이다. 배달음식도 마찬가지다. 2인분만 시키라고 해서 2인분을 시키면, 남편은 번번이 여자의 몫까지 빼앗아 먹는다. 처음에는 먹는 걸로 치사하게 뭐라 하고 싶지 않던 그녀도 점점 울화가 치밀고 지치기 시작한다. 무엇보다 남편과 먹을 걸 가지고 경쟁하고, 언제나 배고픈 상태로 잠드는 게 너무 서럽다. 그러다가 결정적인 사건이 터진다. 명절에 시댁에 가기 전, 밤새 제사음식을 마련해서 냉장고에 넣어두었는데, 남편이 그걸 모두 먹어치워버린 것이다.

여자는 남편에게 화를 낸다. 하지만 남편은 다시 하면 그만이지 뭘 그렇게 화를 내느냐고 대수롭지 않게 말한다. 이 말 때문에 더욱 화가 난 여자는 시댁에 들르지 않고 친정으로 가버린다. 그리하여 이 사연은 현재 여자가 친정에 가서 쓰는 걸로 한다. 대체로 사연의 마지막을 장식하는 문장들이 있다. '남편에게 더 이상 남아 있는 정이 없어요. 그냥 돼지 새끼를 보는 기분이에요. 저는 어떡하면 좋죠?'

이런 식으로 사연을 완성해서 올리면, 삽시간에 수십 개의 댓글이 달린다. 질문을 했으니 답변이 달리는 게 당연한 것일 수도 있다. 대부분 답답하다, 이혼해라, 사람 고쳐서 쓰는 거 아니다, 이런 내용들이다. 그리고 꼭 후기 좀 올려달라는 부탁도 쏟아진다. 물론 문체가 비슷하다, 다른 아이디로 계속해서 사연을 창작해 올리는 '주작' 아니냐, 하는 예리한 댓글들도 있다. 개중에는 지난 사연과 문체를 비교하면서 설득력 있는 근거를 대기도 한다. 하지만 사연의 진짜 같음이 설득력을 넘어설 경우, 이런 댓글들은 또 다른 댓글들에 의해 저격당한다. 평생 그렇게 의심이나 하면서 한심하게 살라고 야유하는 것이다.

웬만큼 댓글이 달리면 '나도 차라리 이게 주작이었으면 좋겠다'고 맞장구를 치면서 남편에게 복수하는 후기를 올린다. 고구마 백 개 먹은 듯 답답하기만 했던 사연에 시원한 사이다를 부어주는 것이다. 여자는 남편의 뺨을 때린 후, 이혼을 통보한다. 처음에는 이혼이 장난이냐고 화를 내던 남편은 아내의 결심이 확고한 것을 깨닫고 마침내 무릎을 꿇고 잘못을 빈다. 그러나 여자는 남편이 아무리 변하겠다고 고치겠다고 해도 끝까지 이혼을 감행한다. 그리고 지금은 전남편을 보지 않게 되어서 너무 후련하다고 마무리 짓는다. 그러면 어김없이 잘 헤어졌다든지, 새 출발을 응원한다든지, 더 좋은 사람을 만날 거라는 댓글들이 달리고, 나의 창작 사연은 수많은 조회수를 올리며 '오늘의 톡'에 오른다. 그렇게 내가 창조한 또 하나의 가상의 삶은 마무리된다.

사람들은 고통스러운 사연을 좋아한다. 뻔한 치정극의 일일 드라마가 시청률을 담보하듯 조회수를 올리는 데는 이런 사연이 최선이다. 어쩌면 게시판 이용자들은 알고도 속아주는지도 모른다. 하지만 그것만으로는 부족하다. 치정극에는 언제나 복수가 뒤따르는 것처럼, 사연자가 고통을 준 대상에게 복수하는 후기를 올려야 열광에 가까운 지지 댓글이 달린다. 게시판 조회수에 목을 매야 하는 나는 사람들이 원하는 것을 해줘야 한다. 그러니까 가상의 고통을 만들고 가상의 복수를 하는 것, 그게 나의 일이다.

처음 이 회사에 취직했을 때만 해도 내가 이렇게까지 창작에 열을 올리게 될 줄 몰랐다. 입사 당시에는 회사의 주력 업종이 웹하드였다. 말이 자료 공유지, 사실상 이용자가 야동이나 포르노를 업로드한 것으로 돈을 벌고 있었다. 하지만 웹하드가 돈이 된다는 사실이 알려지면서 몇 년 사이 여러 업체들이 난립하기 시작했다. 결국 수익성이 떨어지자 사장이 직접 나서서 리벤지 포르노처럼 더 자극적인 것들을 찾아서 올리라고 독촉했다. 그러나 뭐든 한계 수위라는 게 있는 법이다. 야동, 포르노, 리벤지 포르노 모두 불법인 건 마찬가지지만, 일반인을 몰래 찍은 것을 회사가 직접 업로드하는 것은 어떤 한계 수위를 넘는 일이다. 하지만 이미 돈에 눈이 먼 사장은 자신이 모든 것을 다 책임지겠다고 큰소리쳤다. 그리고 언론에서 이 사실을 터뜨리자마자 정말 모든 것을 책임져야만 했다. 그는 실형을 선고받고 구속되었다.

형기를 마치고 나온 사장은 회사의 주력 업종을 웹하드에서 포털 사이트로 바꿨다. 그 때문에 나도 자연스럽게 게시판 관리자가 되었고 조회수의 악몽이 시작되었다. 모든 포털 사이트가 그렇겠지만, 조회수는 곧 돈이다. 조회수가 선명하게 드러나는 게시판은 더욱 그러하다. 이용자 입장에서는 사연을 올리거나 읽기 위해 게시판이 존재하지만, 회사 입장에서는 조회수를 올려서 광고를 받기 위해 존재한다. 그러므로 게시판 조회수는 곧 회사의 사활이 달린 문제이다.

예견된 일일 수도 있지만, 회사가 음지 탈출을 감행하

자 수익은 급감했다. 이미 양지를 죄다 장악하고 있는 대형 포털 사이트와 경쟁이 될 리 없었다. 대신 사장의 히스테리는 급증했다. 조회수를 올리는 방안을 내놓으라는 닦달이 매주 팀장을 통해 전달되었다. 솔직히 게시판 관리나 하고 있는 입장에서 조회수를 올리는 방법을 내기가 쉽지 않았다. 게시판 이용자가 사연을 올리면 조회수에 따라 자동으로 '오늘의 톡'에 선정되는 시스템이기 때문에, 내가 임의로 눈길을 끌 만한 사연을 '오늘의 톡'에 올릴 방법도 없었다. 그렇지만 회사라는 데가 그렇다. 뭔가 방안을 내라고 하면 내긴 내야 한다. 그래서 첫 번째 회의에서는 하나 마나 한 아이디어가 사장에게 보고되었다. 버스나 지하철에 게시판 광고를 한다든가, 다른 SNS와 연계하는 방안 따위. 당연히 팀장은 무참하게 깨져서 내려왔다. 물론 그 화풀이는 전적으로 팀원들이 감당해야 했다.

그렇다고 해서 팀원들이 팀장을 싫어한 것은 아니었다. 오히려 그를 이해하는 편이었는데, 사장이 갑질의 완전체였기 때문이다. 그는 신입사원 환영회에서 모든 신입사원에게 토하도록 술을 먹여놓고, 가장 먼저 토한 직원을 곧바로 해고하는 일을 거리낌 없이 저지르는 인간이었다. 이외에도 직원 때리고 면전에 치료비 던져주기, 갑자기 사무실에 BB탄 총 난사하기 등과 같이 메인 뉴스 첫 번째를 장식할 만한 갑질을 끊임없이 해댔다. 그러니 실적이 부진하다고 직원을 자르는 것은 차라리 납득이 가능한 축에 속했다. 그마나 합리적이라고나 할까.

사실 밖에서 보면, 이렇게까지 모든 직원이 숨을 죽이고 살 수 있을까 의아해할 수도 있다. 하지만 사장의 예측할 수 없는 갑질은 언제나 직원들을 긴장시켰고, 다른 생각을 할 수 없도록 옥죄었다. 무엇보다 언제 어디서 당할지 모르는 해고에 대한 두려움이 가장 컸다. 소비사회에서 산다는 것은 남과 비슷한 수준의 물건을 끊임없이 소비하는 삶을 살아야 한다는 것을 의미한다. 소비는 곧 인간적인 삶의 척도다. 조선 시대에는 임금도 에어컨이 없었지만, 현대 도시에서 에어컨 없이 여름을 나는 삶은 상상할 수 없다. 에어컨이 없다는 것은 내가 열악하고 비인간적인 환경에서 살아간다는 것을 뜻한다. 부자와 가난뱅이의 차이는 절대적인 기준으로 갈리는 게 아니다. 남들이 다 사는 아파트, 남들이 다 타고 다니는 차, 남들이 다 가지고 다니는 스마트폰, 남들이 다 입는 옷, 남들이 다 쓰는 가전제품, 남들이 다 쓰는 가구, 이런 것들이 기준이 된다. 이 기준을 하나라도 충족시키지 못하면 가난한 사람이 되고 마는 것이다.

게다가 소비사회에서는 이미 있는 것이라 할지라도 낡

은 것을 버리고 새것을 사라고 부추긴다. 불편함이란 원래 있는 것이 아니라 창조되는 것이다. 타이머 기능이 있는 에어프라이어가 나오게 되면 가스레인지는 일일이 시간 맞춰 불을 꺼야 하는 불편한 조리도구가 된다. 가스레인지가 불편하게 나온 게 아니라 타이머 기능이 있는 에어프라이어가 가스레인지를 불편하게 만든 것이다. 그래서 우리는 언제나 남들과 맞춰 살기 위해 힘겹게 벌고 힘겹게 써야만 한다. 직장을 잃게 된다면 '남들이 다 하는 것'의 목록 리스트에서 많은 것을 지워야 하고 날마다 창조되는 불편함을 묵묵히 감수해야 한다.

그뿐인가. 대부분의 사람들은 대체로 평생 빚을 갚으며 살아간다. 대학교에 다닐 때는 학자금대출, 사회에 나오면 자동차 할부, 방을 구하게 되면 전세자금대출, 집을 사게 되면 주택대출 등등. 이 사회는 한 인간의 일생에 맞춰 저리, 장기상환의 빚들을 촘촘하게도 엮어놓았다. 그런데 만약 수입이 끊긴다고 가정해보자. 학자금대출을 갚지 못하면 이십대에 신용불량자가 된다. 자동차 할부를 갚지 못하면 남들 다 타는 차도 타지 못하는 가난뱅이가 된다. 전세자금대출을 갚지 못하면 월세를 구해야 하고, 이자보다 더 비싼 월세를 감당해야 한다. 이마저도 감당하지 못하면 고시원에 입주하게 될지도 모른다. 도시 빈민으로 떨어지는 건 시간문제다. 더 큰 문제는 주택대출을 갚지 못하는 것이다. 주택이 사라지면, 어딘지 모를 동네로 이사를 가게 된다. 물론 나 혼자 산다면 깊은 산속으로 들어가도 상관없겠지만 가족이 있다면 이야기는 또 달라진다. 어딘지 모를 동네는 학군이 좋지 않을 것이고, 사교육이 공교육을 능가하는 현실에서, 자식들이 풍부한 사교육을 받지 못한다면 중산층으로 진입할 확률이 현저하게 낮아질 것이 자명하다.

그럼 가정이 없는 사람은 직장이 없어도 그나마 살 만하지 않겠느냐고 물을지도 모르겠다. 그러나 직장을 잃는다면 배우자를 얻을 확률도 낮아진다. 연봉을 초월한 연애는 쉽지만, 연봉을 초월한 결혼은 어렵다. 젊은 나이에 도시 빈민으로 산다는 것은 나의 DNA가 멸절될 가능성을 감수하는 것이다.

깊이 생각해볼 것도 없다. 직장을 잃게 된다면 현재와 미래의 인간적인 삶 모두를 잃게 되는 가상의 매트릭스가 펼쳐질 뿐이다. 인간답지 못한 대우를 받으면서 돈을 벌 것인가? 돈 없이 인간답지 못하게 살 것인가? 선택하라면 답은 뻔한 게 아닌가. 직장을 잃게 되었을 때, 펼쳐질 비관적인 매트릭스에 대한 공포는 부조리한 일상을 초인적인 인내로 견디게 한다. 정의를 위한 내부고발 같은 건 이 매트릭스의 공포를 이겨냈을 때나 가능한 얘기다. 그런데 누가 수억, 수천만의 인구가 다 같이 몰려가는 이 소비사회의 경로를 이탈할 마음을 감히 품을 수 있을까? 그래서 우리는 대부분 갑질의 폭력과 두려움에 길들여지는 길을 택한다. 그리고 어느새 폭력과 두려움 역시 하나의 평범한 일상이 되어버리고 만다.

두 번째 회의에서 팀장은 자신이 생각해 온 아이디어를 냈다. 조회수를 올릴 만한 사연을 전면에 배치하자는 거였다. 여기서 조회수를 올릴 만한 사연이란, 최소 불륜 정도의 자극적인 사연을 의미한다. 하지만 불륜이 매일 일어나는 것도 아니고, 모든 여자들이 식탐을 부리는 남편 같은 희귀한 인간과 결혼하는 것도 아니다. 물론 그런 사연이 올라오면 전면에 배치하기 싫어도 시스템상 자연스럽게 '오늘의 톡'에 선정된다. 그러니까 조회수를 올릴 만한 사연을 전면에 배치한다는 말은 얼핏 들으면 그럴싸해 보이지만, 사실 아무짝에도 쓸모없는 아이디어인 것이다.

팀장의 아이디어에 우리는 약속이나 한 듯 침묵했다. 시간이 흐를수록 뭐라도 한마디 하지 않으면 안 된다는 압박감이 공기 중에 스며들었다. 선임들의 시선은 물 흐르듯 아래 직급으로 향했고, 강물이 가장 낮은 위치에 있는 바다에 닿는 자연의 섭리처럼 당시 막내였던 내게 모든 팀원의 시선이 모였다. 그리고 그때, 내가 발작적으로 중얼거린 한마디가 두고두고 화근이 됐다. '그럼 사연을 자작이라도 하라는 거야 뭐야…….'

"너 뭐라고 했어?"

팀장의 목소리에 나는 깜짝 놀랐다. 속으로 생각한 게 말이 되어 튀어나올 줄이야. 나는 반사적으로 고개를 푹 숙였다.

"죄송합니다."

"아니, 죄송한 게 아니라 방금 뭐라고 했냐니까?"

얼떨떨했다. 고개를 들어보니 어느새 팀장의 목소리는 누그러져 있었고, 진심으로 내가 중얼거린 말이 궁금하다는 표정이었다.

"그게…… 사연을 자작이라도 하라는 말씀이냐는……."

"그래! 그렇게 하면 되겠네."

팀장은 책상을 쳤다. 누군가 뭘 하면 된다는 건가요? 하고 되물을 새도 없이 팀장은 지시를 내렸다.

"오늘부터 사연 하나씩 만들어 게시판에 올리도록 해. 그동안 게시판 열심히 들여다봤을 테니, 어떤 사연이 조회수가 많이 나오는지 다들 알고 있을 거 아냐?"

그 말과 동시에 팀원들의 비난에 찬 시선이 일제히 나를 향해 쏟아졌다. 내가 무슨 시선을 끌어당기는 자석이라도 된 기분이었다.

팀장의 지시가 귀찮아서 선임들이 나를 비난하는 것만은 아니다. 문제는 게시판 이용자들이 사연을 창작해서 올리는 '주작질'을 대체로 혐오한다는 점이었다. 주작질이 드러날 경우 엄청난 비난 댓글을 받는다. 생각해보면 아이러니한 일이다. 실명조차 확인할 수 없는 '가상의 공간'에서 사람들은 '사실'을 바라고, 사연자들의 '진짜 고통'에 공감하고, 그들을 괴롭히는 남편, 아내, 시어머니, 연인에 대한 '진짜 복수'를 바란다. 게시판에 사연을 올린 사람들도 위로의 댓글을 '진짜 위로'라고 생각한다. 하지만 무엇도 사실이라고 확인하기 어렵다. 게시판 이용자들은 마음에 드는 사연과 댓글을 '사실'이라고 믿을 뿐이다. 어쩌면 주작질에 대한 사람들의 분노는 모든 것이 '진짜'여야 한다는 그들의 믿음을 배신했기 때문이 아닐까. 같이 분노해주었던 고통이, 당연히 이뤄져야 한다고 생각했던 복수가, 내가 받았던 위로가 모두 거짓이라면 게시판 사연에 쏟아부었던 나의 모든 감정 역시 아무것도 아닌 것이 된다. 공허한 분노와 공허한 통쾌함만큼 공허한 게 또 어디 있을까. 하지만 앞으로 우리 팀은 이 욕먹을 짓을 앞장서서 해야 한다. 이상하게도, 이 회사에서 주는 월급은 일에 대한 보상이라기보다 욕을 먹는 것에 대한 대가로 주어지는 것으로 그 성격이 점점 변해가고 있었다.

회의는 그렇게 마무리되었고, 우리 팀은 순번을 정해 돌아가면서 거의 매일 주작질한 사연을 올려야만 했다. 처음에는 주작한 게 티가 나서 평생 먹을 욕을 게시판에서 다 먹기도 했다. 아무리 댓글이라도 악플을 받으면 하루 종일 기분이 나빴다. 팀원들은 회사를 위해서가 아니라 욕먹지 않기 위해 사력을 다했다. 그 결과, 팀원들이 주작해낸 사연은 시간이 흐르면서 점점 그럴듯해졌고, 우리조차 주작인지 아닌지 구분할 수 없는 정도가 되었다. 게다가 각자 잘 쓰는 분야도 생겨나기 시작했다. 나는 이혼을 앞둔 여성 전문, 내 옆자리의 해용 씨는 여성들에게 비난받는 남성 사연 전문(예를 들어 식탐 부리는 남편 사연을 남성 입장에서 올려 여성들의 분노 게이지를 끌어 올리고 댓글 폭주를 불러일으키는 사연), 그리고 맞은편 자리에 앉아 있는 상희 대리는 시댁에 시달리는 며느리 사연 전문이다. 우리는 수시로 아이디를 바꿔가며 수없이 많은 사연을 창작해서 올렸다. 조회수를 많이 받은 날은 보람을 느끼기도 했는데, 이 맛에 창작이라는 걸 하는구나 싶었다.

우리 회사 사연 게시판에는 매일같이 수없이 많은 고통들이 떠돌아 다녔다. 우리 팀이 만든 가상의 고통들과 게시판 이용자가 올리는 진짜인지 가상인지 알 수 없는 고통들까지 뒤섞인 채로 말이다. 회사는 수많은 고통을 먹고 이윤을 늘렸다. 동시에 팀장의 히스테리는 조금 줄었고, 팀원들의 창작의 고통은 끔찍하게 늘어났다. 이과를 나와 공대를 다녔던 내가 창작의 고통에 시달릴 줄은 상상도 하지 못했다. 타임머신이 있다면, 마음의 소리를 무심코 입 밖으로 꺼내어 중얼거린 내 입을 꿰매버리고 싶었다. 어쨌거나 고통을 창작하는 우리도 고통스럽다.

르상티망

가상의 고통을 써내는 것에도 무덤덤해지던 때, 나는 생각지도 못한 생생한 고통과 직면하게 되었다. 바로 '놈' 때문이다. 놈은 침대를 들고 나타났다. 하필이면 내가 놈이 일하는 가구점에서 침대를 골랐고, 주문을 넣은 지 며칠 지나지 않아서 당연하다는 듯 놈이 초인종을 누르고 문 앞에 서 있었다. 아직도 문을 열었을 때의 광경을 잊을 수가 없다. 놈은 너무도 평범하고 평온한 목소리로 안녕하십니까, 하고 내게 인사를 건넸던 것이다. 안녕하냐고 묻는 것은 글자 그대로 평안하게 지냈느냐는 물음 아닌가? 다른 사람이 그렇게 인사를 했다면 기꺼이 안녕하다고 대답했을 것이다. 실제로 나는 그리 편하다고는 할 수 없어도, 그럭저럭 안녕하다고 둘러댈 정도의 삶을 살고 있었으니까. 하지만 다른 사람은 몰라도 놈이 그렇게 말을 해서는 안 되었다.

어떤 감정을 처음 선사해준 경험은 중요하다. 예를 들면 첫사랑이 그렇다. '날카로운 첫 키스의 추억'이라는 시구도 있지 않던가. 그 시구를 굳이 놈에게 대입해서 말하자면 녀석은 나에게 날카로운 첫 살인 충동을 느끼게 해주었다. 동시에 놈은 내게 간절한 소망이 무엇인지도 알려주었다. 살면서 고등학교 3년만큼 누군가가 죽어주기를 치열하게 기도하고 바랐던 적은 없었다. 심지어 수학여행 때, 어느 절 부처님 앞에서 놈의 죽음을 빌었지만 아무런 양심의 가책을 느끼지 못할 수준이었다. 누군가 내 뒤통수에 총을 갖다 대고 솔직하게 장래희망을 적으라면 나는 서슴지 않고, 킬러가 되어 놈을 죽이겠다고 했을 것이다.

나는 고등학교 시절 왕따였다. 그것도 3년 내내. 놈은 나를 괴롭히던 일진이었다. 정확히 말하자면 일진 무리의 일원이었다. 그리고 더 정확히 말하자면 나의 왕따를 주도했던 것이 아니라, 내가 왕따를 당하도록 교묘하게 이간질했었다. 그러니까 내가 왕따를 당하게 된 원인을 모두 제공한 것이 바로 놈이었다. 나는 진실로, 진실로 나를 때리고 협박하던 일진 무리보다 그 뒤에 숨어 날 비웃으며 내려다보던 놈을 더 증오했다.

놈이 처음부터 나와 사이가 좋지 않았던 것은 아니다. 오히려 놈은 중학교 시절, 나와 같은 고등학교에 진학해서 같은 반에 배정된 세 명 중 한 명이었다. 학기 초 낯선 분위기에서 놈과 나 그리고 정수는 삼총사처럼 붙어 다녔다. 반에서 우리 셋의 위상은 뭐랄까, 어중간한 모범생이었는데, 사고를 쳐서 눈에 띄지도 않았고, 공부를 잘해서 눈에 띄지도 않았고, 운동을 잘해서 눈에 띄지도 않았다. 그런 사람들이 있다. 같이 여행을 갔다가 돌아오는 버스나 비행기를 탔을 때에야 그의 부재가 드러나는 사람. 나와 놈 그리고 정수가 딱 그랬다. 체육대회를 하던 날, 우리 셋은 나름 일탈을 계획했다. 체육대회에 참석하는 척하고 PC방에서 게임이나 하면서 하루를 보내자는 거였다. 운동에 젬병이었던 우리에게는 게임이 오히려 진정한 의미에서 스포츠에 가까운 일이기도 했다. 이 계획을 떠올린 사람은 나였고, 실행에 옮기자고 부추긴 사람은 정수였으며, 내키지 않는 표정으로 동의한 사람이 놈이었다. 결국 우리 셋은 반 대항 농구전에서 응원 열기가 한창이던 무렵 슬그머니 눈치를 보고 자리에서 일어나 PC방으로 향했다. 학교 담을 넘던 순간, 태어나서 처음으로 감행하는 일탈에 얼마나 심장이 두근거렸는지 모른다. 심장이 식도를 넘어

목구멍으로 튀어나오는 기분이었다. 다행히 셋 중 누구도 들키지 않았고, 우리는 하루 종일 PC방에서 게임을 하며 보냈다. 그리고 체육대회가 끝날 무렵, 자리에서 일어났다. 학교로 되돌아오던 내내 담임선생에게 걸려 혼날 걸 두려워하면서도, 일탈을 무사히 끝냈다는 흥분이 온몸을 뒤덮었다. 담임선생에게 혼이 나는 우리를 경이롭게 바라볼 아이들의 표정을 떠올리면 설레기까지 했다. 이 가벼운 흥분은 나뿐만 아니라 놈과 정수도 느끼고 있었을 것임에 틀림없었다. 둘 다 아무 말이 없기는 했지만 사춘기 소년 특유의 자만심 어린 표정이 얼굴에 역력하게 드리워져 있었다.

하지만 그것은 정확히 우리의 착각이었다. 체육대회가 끝난 썰렁한 운동장 한가운데 서서 셋은 고독감을 느껴야 했다. 심지어 마땅히 우리를 혼내야 할 의무가 있는 담임선생마저 오늘 체육대회 치르느라 수고했다는 말을 남기고 운동장을 가로질러 퇴근했다. 그랬다. 누구도 우리의 부재를 알아차리지 못했던 것이다. 나는 우리가 투명한 공기 같은 존재임에 틀림없다는 말을 했고, 놈은 우린 공기만도 못하다고 대꾸했다.

"공기는 없어지면 답답하기라도 하지……."

놈이 운동장 바닥에 가래를 뱉었다. 지켜보는 내가 답답해질 정도로 끈적하고 탁한 가래였다. 그때였다. 운동장을 가로지르며 걸어가는 모기 일행이 우리 셋의 눈에 들어왔다. 모기는 우리 학교 일진의 우두머리였다. 한번 찍히면 피까지 쭉쭉 빨아버린다고 해서 모기라는 별명이 붙었다. 사실 심하게 앞쪽으로 돌출된 입이 모기를 연상시키기도 했다. 우리 학교에서 그의 별명을 모르는 사람은 오직 모기 그 자신밖에 없었다. 왜냐하면 누구도 감히 그의 면전에 대고 스스럼없이 모기라고 부를 만한 배짱이 없었기 때문이다.

그럼에도 불구하고 모기는 빛나는 존재였다. 현란한 싸움 실력은 이미 조직에서 스카우트 제의가 왔다는 소문이 날 정도로 정평이 나 있었고, 싸움 실력만큼이나 운동신경도 뛰어나서 학교 유도부 코치가 탐낸다는 소문이 들리기도 했다. 실제로 뛰어난 신체 능력을 증명이라도 하듯, 모기가 농구를 하면서 괜스레 웃통을 벗어젖힐 때에는 배 한가운데 선명하게 새겨진 복근과 옆구리 주변의 잔근육이 땀에 젖어 햇빛에 반짝거렸다. 모기는 이 일대 모든 양아치들의 모범이었고, 불량 여학생들의 아이돌이었다.

그런 모기가 세 명의 여학생과 다섯 명의 남학생에게 둘러싸여 우리 앞을 지나가고 있었다. 모두들 모기를 우러러보며, 오늘 그가 얼마나 농구 코트에서 펄펄 날았는지 칭송했다. 심지어 모기가 3반 새끼들 씨바 좆도 아냐, 하고 말하자 자지러지게 웃어대기까지 했다. 사실 우리도 3반이었다.

그때였다. 놈이 멋지다, 라고 말했다. 고개를 돌려보니 놈은 넋이 나간 듯 모기를 바라보고 있었다. 상류사회를 동경하던 가난한 청년 개츠비의 눈빛이 이렇지 않을까 싶었다. 하지만 나는 분명히 알았다. 우리처럼 공기같이 투명한 존재가 옆구리의 잔근육마저 빛나는 모기를 따라잡을 수는 없다는 걸. 나는 정신 차리라는 의미에서 놈의 뒤통수를 한 대 툭 쳤다. 그러자 놈이 내 팔을 뿌리치면서 욕을 퍼부었다.

"씨바 좆도 아닌 게."

나는 멍하니 놈을 쳐다봤다. 하지만 놈은 미안하다는 말 한마디 없이 홀린 듯 모기를 뒤쫓아 갔다.

다음 날, 점심시간이 되자마자 모기에게 불려 갔다. 그때까지만 해도 모기와 아무런 친분도 없었던 놈이 내게 다가와 모기가 좀 보잔다는 말을 건넸다. 의아했다. 나 역시 반도 다른 모기와 딱히 마주칠 일도 엮일 일도 없었기 때문이다. 나는 놈에게 모기가 왜 나를 찾느냐고 불안한 목소리로 물었지만, 놈은 더 이상 아무 말도 하지 않았다. 하지만 그 침묵 속에는 모기가 오라고 하면 오는 거지 무슨 말이 많아, 하는 의미가 숨어 있었다.

모기 앞에 서자마자 바로 뺨을 맞았다. 그야말로 예상치 못한 일격이었다. 고개가 돌아감과 동시에 다리에 힘이 풀려 휘청거렸다. 뒤이어 명치에 강한 충격이 왔다. 나는 배를 안고 쓰러졌다. 너무나 고통스러워서 비명조차 나오지 않았다. 그러자 모기 주위에 있던 녀석들이 몰려들어 나를 짓밟기 시작했다. 본능적으로 비명을 질렀지만 도와주러 오는 사람은 아무도 없었다. 살면서 처음 느껴보는 공포감이 찌릿하게 척추를 타고 흘렀다. 나는 그물에 얽힌 짐승처럼 비명조차 지르기를 포기하고, 그저 무기력하게 맞기만 했다.

얼마나 맞았을까. 코피가 터져서 교실 바닥을 흥건하게 적실 때쯤 그만해, 라는 모기의 목소리가 들렸다. 그와 동시에 내 몸에 쏟아지던 발길질이 뚝 끊겼다. 그래도 나는 몸을 잔뜩 웅크린 채 일어날 생각조차 하지 못했다. 누군가 양손을 내 겨드랑이에 껴서 일으켜 세웠다. 모기는 내게 다가와 뺨을 툭툭 건드렸다. 그러나 두려움 때문에 기분이 나쁘다는 생각조차 들지 않았다.

"네가 나를 모기라고 했다면서?"

나는 반사적으로 고개를 끄덕였다. 하지만 시인을 하고 보니 뒤늦게 뭔가 억울했다. 모기를 모기라고 부른 것은 나뿐만이 아니다. 모두가 보이지 않는 곳에서는 그를 모기라고 불렀다. 그러니 나만 맞는 것은 억울한 노릇이 아닐 수 없었다. 나는 울먹이는 목소리로 말했다.

"나…… 나만 그런 거 아니야. 다들 그래."

모기는 내 말이 믿기지 않는지 눈을 모로 뜨고 다시 한 번 확인했다.

"뭐라고 씨발아? 다 그래?"

나는 또다시 고개를 끄덕였다. 모기는 주위를 돌아보았다.

"이 씹새들, 너희들도 나 모기라고 불렀냐?"

"아니!"

모기를 둘러싼 아이들은 입이라도 맞춘 것처럼 일제히 대답했다. 너무나도 즉각적이어서 단 한 치의 의심조차 끼어들 틈이 없었다. 심지어 몇 명은 어이가 없다는 듯 웃어 보이기까지 했다. 물론 더 어이가 없는 쪽은 나였지만. 모기는 반 전체 아이들에게 소리쳤다.

"나보고 모기라고 한 새끼 있어?"

순식간에 교실에 정적이 흘렀다. 아이들은 얼어붙은 듯 움직이는 사람도, 대답하는 사람도 없었다. 숨소리조차 들리지 않았다. 그때 놈이 모기 옆에서 속삭이는 소리가 들렸다.

"저 새끼만 그랬어. 너 입 나온 게 모기 닮았대."

그때 깨달았다. 놈이 나를 이간질해서 모기에게 붙어먹기로 했다는 걸.

"너도 모기라고 했잖아. 새끼야!"

나는 억울함을 한껏 담아 소리쳤다. 놈은 황당하다는 듯 말했다.

"내가 언제 그랬어. 이 미친 새끼가……."

놈은 내 멱살을 쥐고 흔들었다. 나도 놈의 멱살을 쥐려고 했지만, 모기가 우리 둘 사이를 가르고 들어왔다. 그리고 다시 한번 내 뺨을 후려쳤다.

"너만 나보고 모기라고 했다잖아. 이…… 이…… 모기 같은…… 아니……."

모기는 급히 말을 돌렸다. 뭔가 모기보다 더 모욕적이고 덜떨어져 보이는 단어를 찾고 싶어 하는 듯했다. 안타깝게도 모기는 뇌가 근육의 발달을 따라가지 못하는 유형의 인간인 듯싶었다. 그러자 놈이 재빨리 귓속말을 했다. '장구벌레.' 순간 모기의 미간이 활짝 펴졌다.

"그래! 이 미친 장구벌레 같은 새끼야."

욕을 하고 보니 이 표현이 무척 흡족했는지, 모기는 놈에게 우정과 신뢰가 가득한 미소를 지어 보였다. 놈 역시 고개를 살짝 숙이며 한껏 비굴하게 모기의 호의를 받았다. 그렇게 놈은 모기의 무리에 끼었다. 그리고 나는 모기

무리는 물론 모두로부터 철저하게 따돌림당하기 시작했다. 저 혼자 살자고 공동의 비밀을 발설한 배신자로 낙인찍혔기 때문이다.

놈은 나와 친했던 만큼, 나의 사정을 속속들이 잘 알았다. 놈이 우리 집에 놀러 올 때마다 선망의 눈빛으로 바라보던 모든 것들은 얼마 가지 않아 모기와 놈에게 갖다 바치는 선물이 되었다. 물론 아끼는 것들을 내어줄 때마다 속이 쓰렸다. 하지만 조금이라도 주저하는 기색을 보이면 모기 무리에게 가차 없이 린치를 당했다. 집단 구타로 시작해서 화장실 변기에 머리가 처박히고서야 끝나는 가혹한 폭력이었다. 놈은 그중에서도 가장 악랄했다. 명치나 성기 등 급소만 골라서 때렸고, 담뱃불로 허벅지나 엉덩이같이 잘 보이지 않는 곳을 지지기도 했다. 나는 내 살이 타는 냄새를 맡으며 몸을 비틀어댔다. 그리고 그런 종류의 고문은 언제나 모기가 적당히 하라고 타일러야 끝이 났다. 물론 그렇게 말리는 모기의 얼굴에는 비웃음이 가득했다.

왕따를 당한 후 시간이 좀 지나고부터 놈은 모기에게 상납하는 것과는 별도로, 내게 자기가 갖고 싶은 것들을 요구했다. 처음에는 용기 내서 거절도 해보았다. 그러면 놈은 모기에게 달려가서 내가 하지도 않은 말을 지어내서 일렀다. 모기에게 맞고 나서 내가 혼잣말로 그를 욕하는 걸 들었다든지, 내가 전화로 누군가에게 모기 험담하는 걸 엿들었다든지 하는 식이었다. 물론 모기는 아무런 의심 없이 놈의 말을 믿었고, 나는 어김없이 화장실 변기에 머리가 처박혔다. 결국 나는 놈에게도 끊임없이 뭔가를 상납해야만 했다.

이런 폭력에서 벗어나기 위해 노력하지 않은 것은 아니었다. 담임선생에게 상담을 신청해서 그간 내가 당한 모든 일을 털어놓기도 했다. 당시 유일한 친구로 남아 있던 정수는 내 곁에서 자신이 목격한 것을 증언해주었다. 담임선생은 심각한 표정으로 모든 이야기를 듣더니 이 일을 해결해주겠다며 자신을 믿으라고 했다. 그때 나는 정말로 이 지긋지긋한 따돌림에서 벗어날 수 있을 거라고 생각했다. 하지만 담임선생의 해결책이라는 것은 고작 모기 무리와 나를 불러놓고 서로 화해하라고 권한 것이 전부였다. 모기는 네가 정말 죽고 싶어서 환장했구나, 하는 표정을 지으며 내게 화해의 악수를 청했고, 나는 떨리는 손으로 그의 손을 마주 잡아야만 했다. 물론 그날 나는 죽지 않을 만큼 맞았다. 그리고 나를 도왔던 정수도 같은 꼴을 당했다. 나는 고통스러워하는 정수를 보며, 평생 잘해주겠다고 다짐했다.

하지만 놈은 거기서 끝내지 않았다. 그는 정수와 나를 마주 보게 해놓고 서로 빰을 때리라고 명령했다. 모기는 좋은 생각이라며 싱글거렸다. 그러나 나는 차마 손을 들어 정수를 때릴 수 없었다. 용기를 내서 증언해주고 같이 맞아준 친구를 어떻게 배신할 수 있단 말인가. 내가 머뭇거리는 기색을 보이자, 놈은 그럼 대신 괴롭혀주겠다며 정수의 바지를 벗긴 후에 담뱃불로 허벅지 안쪽을 지지기 시작했다. 정수의 살이 타는 냄새가 스멀스멀 피어올랐다. 나는 도저히 볼 수 없어 고개를 돌려 외면했다. 모기가 그만, 하고 말했다. 그러자 놈은 다시 정수를 내 앞에 데려다 놓았다. 순간 정수의 눈에 독기가 올랐다. 때려, 하고 놈이 말하자마자 정수는 힘껏 나의 빰을 때렸다. 철썩, 소리와 함께 고개가 돌아갔다. 그러나 아프지 않았다. 오히려 유일한 친구에게 맞았다는 이 상황이 믿기지 않아서 얼떨떨할 뿐이었다. 정수는 울고 있었다. 그는 개새끼야, 하고 욕을 하더니 아예 작정하고 나를 때리기 시작했다. 나는 가만히 맞아주었다. 나를 위해 용기를 내준 친구를 위해 해줄 수 있는 것이라고는 그것밖에 없다고 생각했다. 놈과 모기 패거리는 나를 일방적으로 두드려 패는 정수를 응원하며 낄낄거렸다.

그날 이후로 나는 두 번 다시 정수와 눈을 마주치지 못했다. 정확히 말하자면 정수가 나를 피했다. 그렇게 고등학교 시절의 유일한 친구를 잃었다. 죽이고 싶을 정도로 놈이 미웠지만, 누구도 나를 구원해줄 수 없다는 무력감이 앞섰다. 그래서였다. 나는 졸업할 때까지 놈과 모기 패거리에게 순순히 괴롭힘을 당했다. 그리고 고등학교를 졸업하던 날, 나는 마지막으로 놈에게 용돈을 뺏기면서 물었다. 3년 동안 날 왜 그렇게 괴롭혔느냐고.

"그냥. 너는 예전의 나였잖아. 나는 그게 졸라 싫은 거야. 씨발."

놈은 내 어깨를 툭 쳤다. 그리고 잘 살아라, 또 보지 말자, 라는 말을 남기고 나의 시야에서 사라졌다. 나는 교문 옆 벤치에 앉아서 얼굴을 마구 문질렀다. 악몽이 이제야 끝났다는 것을 실감하고 싶었다.

그렇지만 한동안 악몽에 시달려야 했다. 고통 없는 나날이 믿기지 않은 탓이었다. 오히려 악몽을 꾼 날에는 마음이 편안했다. 이제라도 놈을 찾아가서 죽여버릴까 하는 마음을 먹기도 했다. 나를 그 정도로 괴롭히는 인간이라면, 틀림없이 놈은 학교 졸업과 동시에 피 냄새를 몰고 다니는 악당이 될 것이고, 내가 힘써 놈을 죽인다면 연쇄살인범을 붙잡아 감옥에 처넣는 것보다 미래에 훨씬 더 긍정적인 영향을 끼칠 것임을 믿어 의심치 않았다. 하지만 그런 증오심과 살의는 대학에 들어가고, 어설픈 연애를 하고, 군대를 갔다 오고, 졸업과 동시에 취업을 하고, 직장에서 자리를 잡는 동안 점점 사라져갔다. 놈에 대한 생각이 아주 없었던 것은 아니지만, 적어도 놈에 대한 증오감 따위가 내 삶을 조금이라도 흩뜨려놓는 일은 없었다.

그런데 초인종 소리에 문을 열자마자 놈이 어제 헤어진 것인 양, 아무렇지도 않게 서 있었다. 나이가 들어서 조금 더 탄탄해진 몸집이었고, 이마와 눈가에 세월의 흔적처럼 주름이 잡혀 있었지만, 놈은 고등학교 때의 모습과 별반 다르지 않았다. 무엇보다 웃을 때 비열하게 보였던 가늘고 긴 눈이 그대로였다. 다만 놈은 그 눈으로 이번에는 친절이 가득 담긴 웃음을 지어 보였다. 그렇게 막상 놈을 대면하자, 10년 넘게 묻어두었던 감정들이 고스란히 되살아났다.

놈은 가구점 직원의 본능 때문인지 이사를 한 지 얼마 되지 않아 휑한 내 방을 재빨리 둘러보았다.

"아직 가구 들일 게 많네요. 저희 제품도 한번 알아보세요."

놈은 명함을 내밀었다. 나는 명함에 찍힌 이름을 봤다. 굳이 확인할 필요도 없었지만, 놈의 이름이 선명하게 새겨져 있었다. 놈의 친절했던 눈이 비굴하게 번득였다. 분명히 나에게 가구 몇 가지를 더 팔 수 있다고 확신하는 듯했다. 그래서였다. 잠깐이나마 놈이 나를 알아본 게 아닐까 생각했다. 만약 그렇다면 놈은 나를 호구로 보고 가구들을 강매하게 될 테고, 어쩌면 아직 놈을 대면한 충격에서 벗어나지 못한 나는 얼떨결에 그 가구들을 모조리 사들였을지 모른다. 하지만 놈은 준비해 온 카탈로그만 내 책상 위에 슬그머니 놓아둔 채 침대는 어디에다 설치할까요, 하고 물었다. 뜻밖에도 놈은 나를 전혀 알아보지 못했다. 물론 알아보지 못할 수는 있었다. 고등학교 시절에 비해 살이 15킬로그램 정도 빠진 데다, 안경을 벗고 렌즈를 끼고 있었기 때문이다. 게다가 얼마 전 사고로 코뼈가 부러지는 바람에 코수술을 하면서 콧대도 조금 높인 상태였다. 그러니까 나도 그 옛날의 내가 아닌 셈이었다. 나는 놈이 나를 알아보지 못하는 눈치를 보이자, 일단 안도했다.

놈은 꼼꼼하게 침대를 조립해주었다. 그리 덥지 않은 날씨에도 땀을 뻘뻘 흘리기까지 했다. 목이 마른지 물을 한 잔 청해 마실 때에는 미안해서 어쩔 줄 모르겠다는 표정을 지었다. 놈은 침대 조립을 마무리 지은 다음, 카탈로그를 보고 필요한 게 있으면 언제든 연락 주면 감사하겠다는 말을 남기고 떠났다. 나는 놈이 설치해준 침대 위에 털썩 주저앉았다. 침대가 꿀렁하며 탄성을 일으키자, 눈앞이 흐릿해지면서 잔상처럼 방금 전 놈의 모습이 떠올랐다. 불쾌했다. 놈은 악당은커녕 그 어떤 범죄의 낌새도 눈치챌 수 없을 만큼, 너무나도 성실한 사회인의 모습을 하고 있었던 것이다. 나는 그것이 억울하고 기분 나빴다. 저 정도 인간이라면 흉악해야 하고, 무시무시해야 하고, 암흑가에서조차 건드릴 수 없는 인물이 되어 있어야 마땅했다. 그래야 지난날 폭력 앞에 무기력했던 나 자신에 대해 어쩔 수 없었다고 변명할 수 있었다. 하지만 놈은 내게 남은 그 실낱같은 변명마저 하잘것없는 것으로 만들어버렸다. 저런 평범하기 짝이 없는 인간에게 3년이라는 시간 동안 인간 이하의 모멸을 받았다니. 이제 와서야 고등학교 시절이 더욱 비참하게 느껴져서 미칠 것만 같았다.

와신상담(臥薪嘗膽)이라는 사자성어가 있다. 복수를 위해 딱딱한 장작 위에 눕고, 쓰디쓴 쓸개를 빨았다는 말이다. 내가 딱 그랬다. 놈이 설치해준 침대 위에 누워서 매일 놈을 생각했다. 십수 년이 지난 지금까지도 나를 이렇게 비참하게 만들고 있는 놈이 더욱 증오스러웠다. 놈을 죽이는 꿈을 꾸고, 소스라치게 놀라 새벽에 잠에서 깬 적도 있었다. 이제 나의 일상은 더 이상 안녕하지 않았다. 말하자면 놈의 안녕과 나의 안녕을 맞바꾼 셈이었던 것이다.

가상은 언제나 실제에 닿기를 원한다. 하지만 실제가 충족되지 않을 때는 정서적 반응이 필요하다. 공감이나 위로 같은 것들. 며칠 사이 놈에게 당했던 일들을 수없이 곱씹던 나도 마찬가지였다. 내게도 공감과 위로가 필요했다. 그래서 놈에 대한 증오가 임계점에 다다랐을 무렵, 나는 또 다른 사연 게시판에 접속해 고등학교 시절 놈에게 당했던 일을 대충 간추려 털어놓았다.

내가 접속한 곳은, 대형 포털 사이트에서 얼마 전에 개설해서 운영하는 것으로 이름만 다를 뿐 사실상 우리 회사의 사연 게시판과 같은 서비스였다. 당연히 우리와는 경쟁관계였고, 내가 관리하는 게시판의 조회수를 빼앗아 갈 게 분명했다. 하지만 그렇다고 내 사연을 우리 회사 게시판에 올리고 싶지는 않았다. 혹시라도 내 문체를 해용 씨나 상희 대리가 알아볼까 봐 걱정이 됐다.

회사에서는 나나 해용 씨나 상희 대리 모두 아이디를 수없이 바꿔가며 사연을 올린다. 때문에 아이디만 봐서는 누구의 사연인지 알 수 없다. 하지만 내용을 보다 보면 해용 씨의 것인지 상희 대리의 것인지 짐작될 때가 있다. 글에 평소 말투나 자주 쓰는 독특한 어휘가 드러나기 때문이다. 예를 들어 해용 씨는 '~합니까?' '~습니다' 같은 딱딱한 군대식 말투에 하, 참 같은 감탄사를 자주 쓰고, 상희 대리는 맥락과 맞지 않게 뭐랄까, 진짜 같은 단어를 자주 쓴다. 그리고 이런 말투가 각자 잘 쓰는 사연과 결합하게 되면 자연스럽게 해용 씨나 상희 대리가 떠오른다. 물론 내가 고등학교 때 겪은 일을 회사 그 누구에게도 발설한 적은 없다. 그래도 내 문체를 통해 나를 알아볼까 봐 겁이 났다. 회사 동료는 그저 회사 동료일 뿐, 나의 모든 것을 알려줄 필요는 없었다. 솔직히 약점 잡힐 일을 밝히고 싶지는 않았다.

사연을 올린 지 반나절도 되지 않아 내 사연은 가장 많은 클릭을 받고 '베스트 톡'에 올랐다. 하루 만에 몇백 개의 댓글이 달렸다. 많아 봐야 수십 개에 불과한 우리 회사 게시판의 댓글과는 그 규모가 달랐다. 원래 왕따는 당할 만한 사람이 당한다는 둥, 비겁해서 당하고 산 걸 왜 이제 와서 이야기하냐는 둥 악플이 빠질 수는 없겠지만, 대부분은 따뜻한 위로와 격려를 전해왔다. 잘못된 생각 품지 않고 무사히 살아줘서 고맙다는 댓글에는 잠깐 눈물이 고이기도 했다.

그러나 가상은 별것 아닌 실제에 종종 압도당하기도 한다. 나를 흡족하게 했던 위로와 격려는 놈이 가져다 놓은 침대를 보는 순간 번번이 흩어져버렸다. 침대를 보면 놈이 생각났고, 다시 증오와 함께 고통이 차올랐다. 그 어떤 댓글도 내 방에서 가장 큰 면적을 차지하고 있는 침대라는 실물을 이기지 못했다.

할 수 있을 것만 같은데 할 수 없을수록 아쉬움은 큰 법이다. 놈이 눈앞에 있고, 나는 더 이상 무기력한 고등학생이 아니다. 지금이라도 놈을 패줄 수 있을 것만 같았다. 설령 내가 힘이 부족하다면 청부업자를 불러도 괜찮다. 단 한 번만이라도 고등학교 시절의 나처럼 놈의 머리를 화장실 변기에 처박을 수만 있다면 지금 살고 있는 오피스텔을 팔아서라도 돈을 댈 용의가 있었다. 하지만 이 들끓는 감정은, 오피스텔을 팔면 나는 당장 어디서 살지? 청부업자를 고용하게 되면 경찰에 덜미를 잡히지 않을까? 그래서 불법을 저지른 게 들통나면 철창신세를 지게 되는 것은 아닐까? 그렇게 된다면 실업자가 될 것이고, 겨우 안정된 내 삶이 송두리째 산산조각 나지 않을까? 내가 왜 그 놈 때문에 내 인생을 망가뜨려야 할까? 등등의 물음이 꼬리에 꼬리를 물면서 이내 수그러들고 말았다. 한동안 놈을 때리고 싶고 죽이고 싶다는 감정이 들끓었다가, 인생 망치기 싫으면 참아야 한다는 차가운 이성이 과열되었던 감정을 억지로 식히는 과정이 반복됐다. 가슴 한편에 지펴진 불씨가 남아 주기적으로 계속해서 뇌를 태우는 것만 같았다. 그래서 고통스러웠다. 나 자신을 잃을 만큼 말이다.

복수의 실제

놈 때문에 또다시 나 홀로 고통받아야 한다는 사실을 자각한 후 삶이 더욱 고통스러워졌을 때쯤, 사연을 올리던 닉네임으로 정체불명의 쪽지를 받았다. '게시판 글 읽었습니다. 혹시 복수를 하고 싶으신가요? 그럼, 우리 같이 생각해봐요. 전화 주시면 자세히 설명해드리겠습니다. 010-××××-××××' 처음에는 하, 하고 헛웃음을 쳤다. 복수를 같이 생각하는 모임이라. 복수 계획이라도 모의하겠다는 건가? 나는 별 모임도 다 있구나 싶었다. 하지만 심각하게 의식의 굴절을 겪고 있던 상태라 복수라는 단어에 자꾸만 눈길이 갔다. 심지어 일하다가도 불쑥 전화라도 해볼까, 하는 생각이 치밀었다. 하지만 내 나이쯤 되면 세상에 괜한 친절이란 없다는 걸 경험칙으로 터득하기 마련이다. 그 경험칙이 끝끝내 나를 주저하게 했다.

대신 나는 진지하게 놈에 대한 복수를 생각했다. 그러다 불법적으로 복수를 하기 어렵다면, 합법적으로 복수를 하는 방법도 있지 않을까? 하는 데 생각이 미쳤다. '합법적인 복수'를 떠올리고 보니 '합법'과 '복수'의 결합이 무척 매력적으로 느껴졌다. 이보다 안전하고 이상적인 복수가 어디 있을까. 문제는 연인으로 이상형을 만나기 어렵듯 이상적일수록 달성하기 어렵다는 데 있다.

그렇지만 고민을 거듭하다 보면 불가능해 보였던 방법이 무의식의 저 끝에서 호명되기를 기다렸다는 듯 모습을 드러낼 때가 있다. 이번에도 그랬다. 놈에게 합법적으로 복수를 하는 법, 그것은 바로 내가 진상 손님이 되는 거였다. 모든 제품에는 품질보증 기간이라는 게 있다. 일정 기간 안에는 무상으로 교환이나 반품을 해줘야 한다. 침대라고 예외가 아니다. 조그마한 흠이라도 있으면 나에게는 침대를 교환할 권리가 생긴다. 가능하다면 품질보증 기간 내내 그 권리를 마음껏 행사해볼 생각이다. 물론 놈이 나에게 준 고통과 상처에 비하면 아무것도 아니지만, 그래도 그나마 합법적인 테두리 안에서 거의 유일하게 가능한 복수 방법이라고 생각했다. 소비사회에서는 소비자가 일진 아닌가.

퇴근길에 돋보기를 샀다. 혹시 모를 작은 흠집이라도 찾아내기 위해서였다. 그리고 차마 교환할 용기가 나지 않을 것을 대비해서 도수가 높은 고량주도 한 병 샀다. 술기운을 빌려서라도 반드시 교환을 하겠다고 다짐했다. 나는 방에 들어서자마자 침대에 돋보기부터 들이댔다. 위에서부터 아래로 훑어가던 중에, 나무로 된 침대 발 뒤쪽이 약 2센티미터가량 쪼개져 있는 걸 발견했다. 하필 뒤쪽이라 눈에 띄지 않았을 뿐, 이건 뭐 돋보기를 댈 필요도 없는 어마어마한 흠집이었다. 그 순간 분노가 폭발했다. 이런 불량품을 양심의 가책도 없이 팔아치우다니. 역시 놈다웠다. 나는 고량주의 힘을 빌리지도 않고 당당하게 가구점에 전화를 걸었다.

"반갑습니다. 고객님. OX가구입니다. 무엇을 도와드릴까요?"

솔 정도의 음을 유지하면서 내는 경쾌하고 밝은 톤의 목소리. 그러나 그 뒤로 거대한 흠집을 품고 있는 침대를 아무렇지 않게 팔아치우는 썩은 자본주의자의 목소리. 바로 놈의 목소리였다. 나는 다짜고짜 침대를 교환하겠다고 말했다. 하지만 놈은 전혀 당황하지 않고 능숙하게 무엇이 문제냐고 물었다. 한번 삐딱하게 마음을 먹고 나니 놈의 태도가 더욱 아니꼬웠다. 고객이 불만이 있으면 사과부터 해야지 뭐가 문제냐니. 기가 찼다. 나는 침대 다리 뒤쪽이 갈라져 있으며, 이걸 바꿔주지 않으면 본사에 알리겠다고 으름장을 놨다. 그제야 놈은 죄송하게 됐다며, 당장 조치해주겠다고 했다. 나는 대답도 하지 않고 거칠게 전화를 끊었다.

한 시간쯤 지나서야 비로소 놈이 나타났다. 뭐 하느라 이제 왔냐며 소리를 질러주고 싶었지만, 막상 놈을 보자 목소리가 다시 성대로 내려가버렸다. 하지만 팔짱을 끼고, 싸늘한 눈빛을 보냄으로써 자세만은 놈에 대한 불만을 노골적으로 드러내려고 노력했다. 놈은 침대의 흠집을 확인하고서는 거듭 죄송하다며, 침대를 교환하기 시작했다. 물론 나는 그동안 계속해서 적의를 드러냈다. 놈이 물 한잔 갖다달라고 했을 때도 일부러 뜨거운 걸 갖다주고, 놈이 놓아둔 카탈로그에 눈길 한 번 주지 않았다.

침대 교환을 끝낸 놈은 불편한 게 있으면 언제든 다시 연락 달라는 말과 함께 끝까지 미소를 잃지 않으며 사라졌다. 나는 새 침대에 걸터앉았다. 놈의 습관적인 미소가 자꾸만 아른거렸다. 대체 나의 고객으로서의 불만이 놈에게 어떤 타격을 입혔고, 고통을 주었던 말인가. 아무런 심리적 타격을 주지 못한 것 같아서 오히려 내가 심리적 타격을 입은 것 같았다. 기분 나빴다. 그래서 나는 조금 더 진상 고객이 되어주기로 결심했다. 처음이 힘들지 한번 A/S를 받아보니, 그리 부담스러운 일도 아니었다.

다시 돋보기를 꺼냈고, 맹렬하게 침대의 흠집을 찾았다. 다행히 침대 머리 쪽 모서리에서, 돋보기로 확대했을 때 몹시 거슬리는 긁힌 자국을 발견했다. 기뻤다. 놈을 한 번 더 부를 수 있게 된 것이다. 동시에 화도 났다. 교환을 하러 왔으면 완벽한 제품을 갖다주는 게 고객에 대한 예의 아닌가. 나는 놈이 일부러 흠집이 나서 제 가격을 받을 수 없는 걸 갖다준 게 틀림없다고 단정 지었다. 다행히 이번에도 고량주가 필요 없을 정도의 분노가 끓어올랐다.

다음 날, 긁힌 자국을 사진으로 찍었다. 최대한 선명하고, 확실하게 표시가 나도록 핸드폰의 각도와 조명을 조절하느라 꽤 오래 공을 들였다. 나는 이 사진을 문자와 함께 놈의 핸드폰으로 전송했다. '정말 실망입니다. 이번에는 긁힌 자국이 있네요. 지금 당장 교환해주세요!' 문자를 보낸 지 얼마 지나지 않아, 놈에게서 문자가 왔다. '정말 죄송합니다. 바로 교환해드리겠습니다.' 그리고 퇴근 후, 놈은 침대를 교환해주었다. 여전히 친절한 미소를 잃지 않았다. 이번에도 놈의 마음에는 흠집 하나 나지 않은 것 같았다.

당연히 나는 다시 돋보기를 들고, 침대의 하자를 찾았다. 그러나 내가 생각해도 딱히 꼬투리를 잡을 게 보이지 않았다. 아주 미세한 흠집이 없는 것은 아니지만, 이걸 가지고 꼬투리를 잡기에는 내 양심이 허락하지 않는 수준이었다. 나는 침대에 누워 곰곰이 생각했다. 대체 어떻게 교환할 수 있을 것인가. 그러다가 깜빡 잠이 들었다. 다음 날 너무 밝은 햇살에 눈을 떴을 때, 기적이 일어났다. 침대의 색상이 달라 보인 것이다. 밝은 햇살 아래에서 보니 카탈로그에서 봤던 고급스러운 우드 느낌의 색이 아니었다. 나무의 질감은 종이에 인쇄한 무늬인 듯 너무나 저급해 보였고, 전체적인 색감도 짙은 갈색이 아니라 조금 더 밝은 호두색을 띠고 있었다. 이건 단순히 제품 하자 차원이 아니었다. 엄연한 사기였다. 그렇게 생각하자, 놈에게 주저 없이 전화를 걸 수 있을 만큼 충분한 분노가 치솟았다.

세 번째 전화에서야 비로소 놈의 목소리에서 웃음기가 가셨다. 이제야 내가 진상 고객임을 눈치챈 모양이었다. 나는 색상이 카탈로그에서 본 것과 너무 다르니 반품을 해달라고 요구했다. 놈은 한숨을 내쉬었다.

"단순한 변심으로 인한 반품은 안 됩니다. 교환만 가능합니다."

공문서를 읽는 듯한 사무적인 목소리였다. 나 역시 사

무적인 말투로 교환이라도 해달라고 요구했다. 그리고 가장 구하기 힘들 것 같은 색상을 가지고 오라고 했다. 놈은 그 색상은 잘 나가지 않으니 다른 건 어떠냐고 물었다. 하지만 나는 그 색상이 마음에 든다고 우겼다.

"이 색상은 워낙 찾으시는 분이 없어서요. 재고를 공장 쪽에 확인해봐야 되는데, 그럼 교환하는 데 시간이 걸려요. 괜찮으시겠어요?"

"저는 이 침대에서 못 자겠으니까, 빨리 배송해주세요."

최대한 짜증 섞인 목소리로 말한 다음, 대답도 듣지 않고 전화를 끊어버렸다. 마음 깊숙한 곳에서 어떤 감정이 치솟아 올랐는데, '희열' 같았다. 놈에게 처음으로 상처를 주었다는 지극한 기쁨. 나는 이불을 뒤집어쓰고 발을 동동 굴렀다. 이렇게 좋은 걸 왜 이제야 하게 됐나, 하는 뒤늦은 후회가 들 정도였다. 물론 놈이 나에게 한 짓에 비하면 아직도 갚아줘야 할 게 많았다.

놈은 이틀이 지나서야 새 침대를 가지고 왔다. 새로운 침대의 색상은 내가 생각했던 것보다 훨씬 후져 보였다. 안 팔리는 데는 다 이유가 있다. 이번에도 무조건 교환해야겠다고 다짐했다. 놈은 그새 마음을 추슬렀는지, 예의 그 습관적인 미소를 띠고 있었다. 불쾌했다. 내가 준 상처가 고작 이틀도 가지 못한단 말인가? 겨우 일회용 반창고로 치료될 정도의 경미한 상처를 줬다니, 말을 동동 구르며 기뻐했던 내가 한심스러웠다.

어떻게 하면 더 진상 짓을 부릴 수 있을까 머리를 굴리는 사이, 놈이 침대 설치를 끝냈다. 그리고 나에게 이번에는 잘 쓰실 수 있기를 바란다며 힘주어 말했다. 나는 그건 써봐야 아는 거라고 빈정거려주었다. 놈은 미소를 잃지 않고 나를 잠깐 바라봤다. 분명 미소를 띠고는 있었지만 뭔가 싸한 느낌을 받았다.

"혹시 우리 어디서 본 적 있지 않아요?"

뜨끔했다.

"아니요. 본 적 없습니다."

"그런가요? 그럼 잘 좀 봐주세요."

놈은 넉살 좋게 웃었다. 나는 표정을 굳히고 대꾸하지 않았다.

놈이 사라지자마자, 돋보기를 들고 침대에 있는 흠집을 찾기 위해 기를 썼다. 지난 세 번의 교환으로 얻은 교훈이 있다면 털어서 먼지 안 나는 옷 없고, 찾아서 하자 없는 침대 없다는 거였다. 역시나 침대 모서리와 발쪽에 긁힌 자국들이 보였다. 물론 그냥 넘어갈 수 있겠지만 이미 신경이 쓰이기 시작한 데다가, 자잘하기는 하지만 그 수가 너무 많아서 신경을 쓰지 않을 수도 없었다. 당연히 교환이 필요한 제품이라고 결론지었다. 이 침대와 똑같은 색상의 재고가 놈의 가게에 있을 리 없으니 한 번 더 본사에서 받아 오려면 꽤나 귀찮을 것이다. 후지기는 해도 놈을 부려먹기에는 좋은 색상이다 싶었다.

대충 놈이 퇴근할 시간에 맞춰 전화를 했다. 원래 퇴근하기 직전에 일을 주는 상사가 가장 미운 법이다. 마찬가지로 퇴근하기 전에 진상을 부리는 고객이 가장 밉지 않을까, 하는 생각이 들었다. 진상 짓도 조금씩 느는 것 같아서 뿌듯했다. 심지어 과거의 소심했던 나에서 점점 벗어나고 있는 느낌마저 들었다. 놈은 이제 내 번호를 외웠는지 내가 전화를 하자마자 네 고객님, 하고 바로 대답했다. 나는 이 침대에도 긁힌 자국이 너무 많아서 교환하고 싶다고 했다. 놈은 휴, 하고 깊은 한숨을 내쉬었다. 그리고 뜻밖에도 금방 찾아뵙겠다고 하고 전화를 끊었다. 재고가 있을 리 없는데, 이렇게 빨리 올 수 있는 것인가, 의아했다. 하지만 그런 의문도 잠시, 놈이 내 대답도 듣지 않은 채 일방적으로 전화를 끊었다는 사실이 생각났다. 놈의 얼굴을 보면, 고객 응대 태도에 대해서도 한 소리 해야겠다고 마음먹었다.

8시쯤, 초인종 소리가 들렸다. 인터폰 카메라로 보니, 놈이었다. 그런데 빈손이었다. 재고가 없다면 그럴 만도 했다. 그러면 찾아오지를 말았어야지, 이 시간에 대체 왜 온 건지 궁금하기까지 했다. 나는 문을 열고, 뚱한 얼굴로 놈을 쳐다봤다. 이번에는 놈도 지지 않고, 나를 날카롭게 노려봤다. 그러자 지난번에 놈이 내게 어디서 본 적이 있지 않느냐고 물었던 게 떠올랐다.

"병진아, 이 새끼야. 적당히 좀 하자!"

그 '놈'이 돌아왔다. 그 순간 온몸에서 피가 모조리 빠져나간 듯한 기분이 들었다. 입도 얼어붙은 것처럼 아무 말도 할 수 없었다. 놈은 문을 열고 들어와 이 집의 원래 주인이기라도 한 것처럼 내 책상맡 의자에 앉았다. 나는 우두커니 선 채 놈의 하는 양을 바라봤다.

"이 새끼, 내가 너 모르는 줄 알고? 진상 짓 하려는 거 다 알아."

"그걸 어떻게……."

"어떻게? 씹새, 고등학교 때도 어리바리하더니 나이 먹어도 변하지를 않네. 그럼 내가 새끼야, 고등학교 3년 내내 따까리 짓 했던 너를 세 번이나 봤는데 못 알아볼 리가 있냐? 처음에는 나도 너 같은 새끼 까먹고 있었지. 그런데 핸드폰에 계속해서 네 이름이 뜨는 거야, 씨바. 기억이 슬슬 나더라고. 고등학교 때 그 따까리 새끼랑 이름이 같네, 하고. 그래서 네 이름을 구글에서 졸라 검색해봤지. 그랬더니 페이스북에서 딱 나오더라고. 나랑 같은 고등학교 졸업한 걸로. 같은 고등학교, 같은 이름, 비슷한 얼굴이면 너밖에 더 있겠냐. 이 개새야."

헐, 했다. 복수한답시고 계속해서 전화를 했던 게 오히려 내 발목을 잡다니. 예상치도 않은, 가장 좋지 않은 상황이 닥친 것이다. 다리에 힘이 풀렸다. 나는 침대에 주저앉았다.

"고등학교 때 그렇게 따까리 짓 했으니, 진상 짓도 한번 부려보고 싶었을 거야, 그치?"

나는 아무 말도 하지 못했다. 사실이니 굳이 대답할 이유도 없었다.

"그래도 이건 도가 지나치잖아, 씨바!"

놈이 나를 때리려는 듯 손을 치켜들었다. 순간 움찔했다. 그러고 나서야 이게 아닌데 싶었다. 인정하고 싶지 않지만, 몸에는 아직도 고등학교 때 놈이 심어준 폭력의 기억이 각인되어 있었다. 아니나 다를까, 놈의 입꼬리가 비죽 올라갔다. 고등학교 3년 내내 보았던 그 얼굴이었다. 서비스 마인드로 단련된 놈의 습관적인 미소가 차라리 그리울 지경이었다. 놈은 팔짱을 끼고 다리를 꼰 채 의자 등받이에 비스듬히 기대앉았다. 완전히 기선을 제압했다고 판단한 모양이었다.

"내가 여기 오면서 많이 생각해봤거든. 그래도 고객님이니까 예전처럼 팰 수는 없지. 그렇지만 내가 그동안 당했던 걸 그냥 모른 척 넘어갈 수도 없어. 고등학교 때 내 따까리였던 새끼한테 당하는 건 더 싫단 말이지. 그래서 생각해봤는데, 너도 좋고 나도 좋은 수가 있더라고."

놈은 가방을 열고 그 안에 있던 카탈로그를 내 앞에 내밀었다.

"이 중에서 하나 사. 너는 필요한 걸 사니까 좋고, 나는 매상을 올릴 수 있으니까 좋고. 이 정도면 많이 봐준 거다."

나는 카탈로그를 외면한 채 퉁명스럽게 말했다.

"필요한 거 없어."

아까는 나도 모르게 움찔했지만, 그래도 지금의 나는 예전과 다르다는 걸 보여주고 싶었다. 목소리가 좀 떨리기는 했다. 놈은 아유, 하며 다시 손을 치켜들었다. 다행히 이번에는 움찔하지 않았다. 대신 눈꺼풀이 바르르 떨리는 정도. 그래도 아까에 비하면 나름 선방한 거라고 생각했는데, 내 눈꺼풀의 미세한 움직임을 놈도 눈치챈 듯했다.

"쫄보인 건 여전하네. 그런 새끼가 뭘 믿고 진상 짓을 했나? 좋은 말 할 때 빨리 골라라. 안 그럼, 변기에 대가리 처박아버린다."

놈은 내게 카탈로그를 건넸다. 받지 않으려고 했지만 이

더러운 종이 쪼가리가 바닥에 떨어지면 주워야 하는 사람은 어차피 나라는 생각이 들었기 때문에, 나는 나름 최대한 불친절하게 한 손으로 받았다. 그래도 자존심이 상해서 차마 카탈로그를 펼치지는 못했다.

"넌 직원이라면서? 내가 이걸 사는 게 너한테 무슨 보탬이 된다고 그래?"

목소리가 조금 떨려 나오기는 했지만, 나름 합리적으로 따져 물었다. 놈의 입꼬리가 급격한 각도로 치솟았다. 그리고 피식, 소리가 새어 나올 정도로 크게 비웃었다.

"이 새끼, 그동안 줏대라도 생겼냐? 뭘 따지고 지랄이야? 좋아. 고객님이 납득이 안 되면 내가 설명해줄게. 내가 직원은 맞아. 그런데 이걸 팔면 내가 판매 가격에서 조금 인센티브를 받아. 이제 알아들으시겠어요, 고객님?"

알아들었다. 하지만 자존심상 알아들었다고 말하고 싶지는 않았다. 내가 입을 꾹 다물고 있자, 놈이 카탈로그를 내 손에서 다시 빼앗아 들었다.

"정 못 고르겠으면 내가 하나 골라줄게. 그걸 사."

놈은 서랍장 하나를 눈앞에 내밀었다. 작지만 확실히 고급스러워 보였고 그만큼 비쌌다. 뿐만 아니라 딱히 내 방에 둘 데도 없었다. 놈은 내게 카드를 달라며 손을 내밀었다. 내가 머뭇거리자, 놈이 날카롭게 나를 노려봤다. 섬

뜩했다. 나는 명령어가 입력된 로봇처럼 카드를 내밀었다. 놈은 포스기를 꺼내 서랍장을 결제한 다음, 영수증과 함께 카드를 돌려주었다.

"고객님 새끼야. 물건은 빠른 시간 내에 배송해줄게. 참, 이번에는 진상 짓 해도 안 통해."

놈은 내 뺨을 툭툭 치고는 방을 나갔다. 카드와 영수증을 쥔 손이 부들부들 떨렸다. 복수라는 걸 시도했지만 결국 내게 남은 건 모멸감뿐이라니. 제대로 반항 한번 못 해보고, 뭐에 홀린 것처럼 놈의 요구를 들어주었다는 게 더욱 수치스러웠다. 영수증을 찢으면서 이제 나는 고등학생이 아니라 고객이라고 몇 번이나 되뇌었는지 모른다. 놈이 나를 때린다면, 경찰을 부르면 그만일 터였다. 후회했지만, 이미 일은 벌어지고 난 후였다. 거울을 봤다. 변기물이 머리에서 뚝뚝 떨어지는 고등학생 하나가 나를 노려보고 있었다.

가상의 복수

예상은 했지만 놈의 지분거림은 서랍장 하나로 끝나지 않았다. 서랍장이 도착하기도 전에 놈에게서 문자가 왔다. 아무래도 가구 하나 정도는 더 구매해줘야겠다는 거였다. 당연히 거절했다. 그리고 얼떨결에 산 서랍장도 반품할 거라고 말했다. 그러자 한 장의 사진이 내 핸드폰으로 전송되었다. 십수 년 전 핸드폰 카메라로 찍은 저화질의 사진이었다. 그 속에는 고등학교 시절, 교복 바지와 팬티가 벗겨진 채 성기까지 드러내고 있는 내가 울상을 하고 서 있었다. 물론 그때와 지금의 인상이 조금 달라지기는 했지만 나를 아는 사람이라면, 그 모습도 충분히 알아볼 수 있을 것 같았다. 이 사진이 인터넷을 통해 온 세상으로 퍼져

나가는 상상을 했다. 게시판에 올라온 내 사진을 보고 조롱하는 댓글이 줄줄이 달릴지도 모른다는 생각, 길거리를 지나치는 그 누군가가 내 알몸을 들여다본 사람일지 모른다는 생각, 혹은 나를 향해 짓는 미소가 나에 대한 비웃음일지도 모른다는 생각이 꼬리를 이었다.

물론 그것은 어디까지나 가능성에 불과했다. 하지만 그 일말의 가능성이 나를 두려움에 빠뜨렸다. 넋이 나간 채, 핸드폰 속 사진만 쳐다보고 있는데 놈에게서 문자가 하나 날아들었다. '혹시 몰라서 핸드폰 찾아보니까 이런 게 있더라. 비슷한 거 몇 장 더 있어. 어쩌지?' 가증스러움이 이렇게 직설적으로 묻어나는 문자는 처음이었다. 나는 '당장 지워! 이 개새끼야!' 하고 답장을 보낸 다음, 핸드폰을 침대에다가 힘껏 집어 던졌다.

그렇지만, 놈은 절대로 사진을 지우지 않을 것이다. 나는 천천히 얼굴을 문지르면서 머리를 식혔다. 그리고 어느 정도 차분해지자 생각을 정리하기 시작했다. 먼저 놈의 요구를 받아주는 방법이 있다. 그러나 이렇게 되면 나는 다시 고등학교 시절의 호구가 되고 만다. 그렇다면 두 번째로 고소하는 방법이 있다. 하지만 사진이 인터넷으로 퍼져나갈 것을 각오해야 한다. 게다가 이 문자가 어떻게 보면 협박 같기도 하고, 어떻게 보면 정말 사진을 어떻게 처리할까 묻는 질문 같기도 했다. 명백하게 협박이 아닌 이상 고소를 해도 처벌을 받을 수 있을지 의문이었다. 이러지도 저러지도 못하는 외통수에 몰린 기분이었다. 이럴 때는 놈이 보내는 다음 문자에 따라 대응할 수밖에 없다고 판단했다.

하지만 몇 시간이 지나도록 답장이 오지 않았다. 또다시 초조해지기 시작했다. 놈에게 전화라도 할까 했지만, 그렇다면 내가 초조해한다는 걸 들킬 수도 있었다. 답답했다. 문득 복수 모임이 생각났다. 어쩌면 지금이야말로 누군가의 조언이 필요한 때일지도 모른다. 물론 보이스피싱이거나 보험이거나 다단계일 수도 있었다. 하지만 내게 돈을 요구하거나 뭔가를 팔려는 낌새를 보이면 당장 끊어버리면 그만이다. 까짓것 밑져봐야 본전인 셈이다. 나는 며칠 전에 왔던 정체불명의 쪽지를 열었고 거기에 적혀 있던 번호로 전화를 걸었다.

전화를 받은 이는 여자였다. 목소리만 가지고 나이를 단정 짓기는 어려웠지만, 어리지도 않았고 나이 든 느낌이 들지도 않았다. 삼십대 정도라면 딱 어울렸다. 처음에 나를 뭐라고 소개해야 할지 몰라서 망설였다. 그러자 상대편에서 먼저 물어왔다.

"쪽지 보고 전화하셨나요?"

"네. 그렇습니다. 온라인 모임이 있다고 해서……."

"닉네임이 어떻게 되나요?"

나는 잠시 머뭇거렸다. 낯선 이에게 내 닉네임을 말하기가 조금 부끄러웠다.

"부끄부끄입니다."

"아! 부끄부끄님이시네요. 글을 보고 남자분일 거라고 생각은 했어요. 저는 앙칼입니다."

"아, 네…… 앙칼님."

"저희 모임에 가입하고 싶어서 전화하신 건가요?"

대답하기가 참 애매했다. 모임에 가입하라는 건 보이스피싱도 아니고 보험도 아니고 다단계도 아니지만 뭐랄까, 그런 것에 깊숙하게 발을 들여놓는 전 단계일 수도 있었다. 하지만 앙칼은 내가 머뭇거리는 낌새를 읽었는지 재빨리 말을 이어갔다.

"잠깐 모임에 대해 설명하자면, 말씀드렸다시피 이 모임은 철저하게 온라인으로만 진행합니다. 먼저 제가 지금까지 접촉한 회원 모두 인터넷 게시판에 억울한 사연을 올린 분들이에요. 저는 이분들과 함께 각자의 사연을 공유하고 어떻게 복수를 할 수 있을지 함께 고민해보는 모임을 만들려고 해요."

"저…… 그럼 복수도 같이하는 건가요?"

"그건 아니고, 여기서는 복수 계획만 같이 짜는 거예요. 일종의 브레인스토밍이라고 할까요. 이 모임에는 세 가지 원칙이 있어요. 첫 번째, 회원분들이 말하는 사연이 그분의 것인지 아닌지 확인하지 않는다. 두 번째, 그 사연이 진실인지 아닌지도 확인하지 않는다. 세 번째, 여기서 상의한 복수 계획을 실행할지 말지는 전적으로 본인이 결정하는 것일 뿐 다른 회원들은 책임지지 않는다. 그러니까 온라인 모임답게 우린 복수를 철저하게 가상으로만 진행하는 거죠. 뭔가를 상상해본다는 건 불법이 아니니까요. 설령 그게 끔찍한 복수라고 해도 말이죠. 어때요? 같이하시겠어요?"

딱히 하지 않을 이유가 없었다. 온라인상에서 서로 복수를 상상하는 모임일 뿐이다. 혼자 고민하는 것보다 머리를 맞대면 뭔가 뾰족한 수가 나올 수도 있다.

"네. 하겠습니다."

"좋아요. 우리 모임 단톡방에 부끄부끄님을 초대할게요. 참, 또 하나 규칙이 있어요."

"뭔가요?"

"우리는 매주 회원분 한 명씩의 복수 계획을 세워요. 하지만 그분의 사연을 알아야 같이 복수 계획을 세울 수 있겠죠?"

"그렇죠."

"우리 모임은 금요일이니까, 매주 수요일 즈음, 제가 게시판 주소를 링크로 보내줄게요. 클릭하면 이번 주에 같이 이야기해볼 사연이 있을 거예요. 그걸 반드시 읽고 채팅에 참여하셔야 해요."

"알겠습니다. 그리고 감사합니다."

"감사라뇨. 서로 돕자는 건데. 그럼 연락할게요."

앙칼은 전화를 끊었다. 하지만 그녀의 경쾌한 목소리가 귓가에 여운으로 남았다. 서로 돕자는 모임이라……. 그렇다면 회원 모두 복수를 하고 싶어 하는 사람들일 테고, 앙칼도 예외가 아닐 것이다. 그런데 목소리가 너무 밝아서 의아했다.

일주일 내내, 놈에게서는 어떤 연락도 오지 않았다. 하지만 이대로 호지부지 물러날 놈이 아니라는 걸 알기 때문에 더 불안했다. 일을 하는 틈틈이 이런저런 사이트에 들락거리며, 놈의 핸드폰에 저장되어 있다던 내 사진들이 올라왔는지 뒤져보았다. 그러나 눈에 띄는 것은 없었다. 아직 내 사진을 퍼뜨리지는 않은 모양이었다. 하긴 놈은 나에게 원하는 게 있다. 그러니 막무가내로 사진을 올리지는 않을 것이다.

금요일 저녁, 업무가 끝나자마자 술 한잔하자는 팀장의

제안까지 뿌리치고 곧바로 집으로 향했다. 이상하게 기분이 몽글몽글 들떴다. 오늘은 레몬이라는 아이디를 쓰는 이가 올린 사연을 읽고 어떻게 복수할 것인지 서로 이야기를 나누기로 되어 있었다. 앙칼은 수요일에, 이번 주에 같이 이야기할 사연이 적힌 게시판의 주소 링크를 보내주었다. 게시판에 올라온 사연은 이랬다.

'전 2년 전에 결혼했어요. 남부러울 것 없는 결혼이었죠. 남편은 잘생긴 편은 아니지만, 뭐랄까 키도 크고 능력 있는 사람이에요. 대형 회계사무소에 있는 회계사였거든요. 시부모님은 학교 선생님이셨고, 틈틈이 부동산에 투자를 해서 재산도 제법 있었죠. 남편 명의로 된 강남 아파트에서 신혼을 시작했으니까요. 재산을 많이 물려준 시부모님은 바라는 것도 많다는데, 제게는 그런 건 전혀 없었어요. 그저 너희만 잘 살면 그만이다 하셨으니까요. 이쯤 되면 이렇게 생각하시는 분들도 있겠죠. 진짜 남편 잘 만나서 복받았다고요.

그렇다고 제가 처지는 결혼을 한 것은 아니에요. 저는 의사예요. 학창 시절부터 나름대로 진짜 열심히 노력하면서 살았어요. 남편은 뭐랄까 그냥 그래요. 딱히 집안일을 잘하는 것도 아니고, 못하는 것도 아닌……. 그런데 제가 말하려는 것은 결혼이 잘못되었다는 것은 아니에요. 남들

보기에는 진짜 별거 아닐 수 있는데요……, 남편이 자꾸만 제가 한 일을 가지고 자신이 한 것처럼 생색을 내요. 첫 번째 일은 신혼여행을 갔다 온 직후에 일어났어요. 제가 신혼여행지에서 고른 선물을 시부모님께 드렸어요. 그랬더니 남편이 그걸 보자마자 자기가 사 온 거라고 생색을 내더라고요. 아주 자랑스럽게요. 물론 시부모님은 남편에게 칭찬을 했고요. 뭐랄까 저는 졸지에 여행 갔다 오면서 아무 선물도 준비 안 한 사람이 된 거예요. 진짜 이게 뭔가 싶었지만, 신혼여행 갔다 온 날이니 만큼, 분위기를 망치고 싶지 않아서 제가 참았어요. 선물도 그리 큰 것도 아니었으니까요.

그런데 저희 친정 부모님 환갑 여행 보내드릴 때 또 그러더라고요. 제가 거실에 있는 컴퓨터로 인터넷에 접속해서 제주도 호텔과 비행기를 예약하고 있었는데, 남편이 지나가다가 그걸 본 모양이에요. 뭐 하냐고 묻길래, 좀 있다 부모님 환갑이셔서 가까운 제주도로 부모님 여행 보내드릴 계획을 세우고 있다고 말해주었어요. 그랬더니 그러냐며 무심하게 넘어가길래 별일 없을 줄 알았는데, 다음 날 엄마에게서 전화가 오더군요. 박 서방이 이번에 제주도로 여행 계획 잡아놓았다고 편히 쉬고 오라고 했다고요. 그러면서 제 남편 칭찬을 어찌나 하던지요. 순간적으로 제가 한 거라고 말하고 싶었지만, 일단 또 한 번 참았어요. 사위가 친정에 잘 보이면 좋은 게 좋은 거라고 애써 위안을 하면서요. 하지만 남편에게는 참지 않았어요. 내가 한 일로 생색내는 게 기분 나쁘니 앞으로 이런 짓은 하지 않았으면 좋겠다고요. 남편은 부부 사이에 누가 보내드린 걸로 하든 그게 뭐 어떠냐고 대수롭지 않게 대꾸하더군요. 저는 기분이 나빴지만 따지면 싸움이 날까 봐, 두 번 다시 그러지 말라고 경고하고 말았어요. 남편도 알았다고 했고요.

그래도 말뿐이었네요. 세 번째 일이 또 터지더라고요. 남편이 친정 부모님 제주도 여행 보내드렸다고 시댁에 가서 떠들어대는 바람에 결국 저는 눈치를 보다가 시부모님도 일본으로 여행을 보내드리게 됐어요. 뭐랄까 이번에도 똑같았네요. 제가 여행 계획 다 짜놓고 결제까지 했더니, 남편이 시부모님에게 먼저 연락을 해서 생색을 냈더라고요. 시부모님은 남편 칭찬을 했고, 저는 시집와서 지금껏 시댁에 아무것도 안 한 여자가 됐네요. 누가 그러대요. 한두 번 속으면 피해자지만, 세 번 속으면 호구라고요. 맞아요. 제가 딱 그 짝이었어요. 이번엔 진짜 화를 참지 않았어요. 남편에게 따졌죠. 남편은 역시나 그깟 일로 그러냐며 오히려 저를 속 좁은 여자로 취급하더군요. 결국 저는 집을 나와서 친정에 와 있어요. 아직 남편이랑 화해하지 않았고요.

저는…… 뭐랄까…… 진짜 남이 제 칭찬을 가로채는 게 싫어요. 공부를 열심히 한 것도 칭찬 때문이었고, 의대에 간 것도 칭찬받기 위해서였어요. 결혼 상대를 병원에서 찾지 않은 것도 남편에게 칭찬받기 위해서였어요. 서로 무슨 일을 하는지 잘 알면 아무래도 칭찬받기가 어렵잖아요. 정말 그 분야에서 열심히 하지 않는 이상은 말이에요. 뭐랄까…… 어쩌면 저는 남편까지 저의 경쟁상대로 두고 싶지 않았던 것 같아요. 그런데 엉뚱한 곳에서 이런 일이 벌어질 줄은 진짜 생각하지도 못했어요. 제 입장에서 칭찬을 가로챈다는 건 만행이나 마찬가지예요. 하지만 다른 사람들은 그렇게까지 생각하지는 않나 봐요. 절친들도 이혼할 정도의 문제는 아니라고 하고, 다시 한번 잘 얘기해보라고 해요. 세상 남자 거기서 거기라고요. 솔직히 저도 아직은 이혼까지 생각하고 싶지는 않아요. 하지만 주변에 얘기를 해도 별거 아니라고 생각하는 게 진짜 너무 싫고, 당사자인 남편조차 별거 아니라고 생각하는 게 더 싫어요. 그래서 이번에는 그냥 넘어가고 싶지 않아요. 제가 어떻게 해야 할까요?'

읽다 보니 상희 대리의 말투가 떠올랐다. '진짜' 혹은 '뭐랄까' 같은 단어를 쓰는 게 그랬다. 레몬이라는 아이디도 한때 상희 대리가 자주 쓰던 거였다. 그러나 레몬이라는 아이디는 꽤 흔한 축에 속했고, 비슷한 말투를 가진 이가 또 있을 수도 있다. 그리고 회사에서 상희 대리는 칭찬받기 위해 나서는 성격이 아니었다. 때문에 상희 대리가 사연을 자작한 것이라고 단정 지을 수는 없었다. 나는 깊이 생각하지 않기로 했다. 어차피 얼굴을 볼 수도 볼 일도 없는 사람이다. 누가 누구면 어떨까 싶었다. 지금으로서는 이 모임 자체에 관심이 갈 뿐이었다.

보기에 따라서는 레몬이 노리는 복수라는 게 귀여운 편에 속할 수도 있다. 하지만 레몬은 남편이 자신에게 한 짓을 '만행'이라고 했다. 이 말은 그녀가 남편 때문에 정신적으로 '고통'을 받고 있다는 걸 뜻한다. 고통을 직접 당해본 것과 옆에서 보는 것은 그야말로 하늘과 땅 차이이다. 우리는 누군가의 문제를 쉽게 별거 아닌 일이라고 말할 자격이 없다. 고등학교 시절 나의 고통을 담임선생에게 호소했을 때, 그가 보인 반응은 '그저 친구 간에 다툴 수도 있는 일을 괜히 크게 만든다'였다. 그에게는 나의 고통을 헤아릴 감수성이 아예 없었던 것인지도 몰랐다. 직접 당하지 않은 자가 그 고통을 어떻게 다 안다고 말할 수 있을까. 같은 고통이라도 아픔의 크기는 받아들이는 사람마다 다른 법이다. 그래서 나는 레몬의 고통이 그녀 자신에게 얼마나 클지 가늠하기는 어렵지만, 전적으로 이해해줄 수는 있었다.

단톡방 초대가 오기 전에 컴퓨터 앞에 앉았다. 대화가 길어질 것을 대비해서 맥주와 간단한 안주도 컴퓨터가 있는 책상 위에 놓아두었다. 이 정도면 금요일 저녁을 섭섭지 않게 보낼 수 있을 듯싶었다. 8시. 새로운 채팅창에서 나를 초대했다는 알람이 떴다. 접속을 하자 세 명 정도의 사람이 들어와 있었다. 나를 포함해 네 명이 전부였다. 일주일에 한 명씩 복수 계획을 세우는 모임이라는 설명을 들었을 때는 꽤 여러 명이 모이는 줄 알았는데, 그건 또 아닌 모양이었다. 뭐 인원이 적으면 상대적으로 내 차례가 빨리 돌아올 테니 나쁠 건 없다고 생각했다. 나는 먼저 인사부터 했다.

"안녕하세요."

"어서 오세요. 부끄부끄님."

앙칼이 나를 맞아주었다. 이어 레몬과 버프라는 닉네임을 쓰는 이들과도 차례로 인사를 나눴다. 익명인 데다가 모니터 앞이라 그런지 딱히 어색함은 없었다. 나는 그 점이 마음에 들었다.

"인원이 그렇게 많지 않네요?"

내가 물었다.

"오늘이 첫 모임이니까요. 앞으로 조금씩 늘어날 거예요. 제가 열심히 할게요."

앙칼이 웃는 표정의 이모티콘을 띄웠다. 심지어 오늘이 첫 모임이라니. 뭔가 엉성한 느낌을 지울 수가 없었다. 앙칼이 계속해서 말했다.

"참, 한 가지 제안드릴 게 있어요. 만약에 여기서 나온 제안을 받아들여서 실제로 복수를 하게 되면 제가 상금을 드리죠. 천만 원요."

"네? 천만 원이라고요?"

내가 되물었다.

"네. 단 사진, 동영상, 녹음 파일, 뭐든 좋아요. 여기 모인 사람들 모두가 납득할 만한 증거를 제시하셔야 합니다."

"정말 천만 원 줍니까? 앙칼님 혹시 재벌?"

버프가 물었다. 실은 나도 묻고 싶은 질문이기는 했다.

"제가 돈이 많은 편이기는 해도, 재벌은 아니라고 말씀드리고 싶네요. 돈 자랑이라고 생각하지 마시고, 이 모임을 좀 더 흥미 있게 이끌어보자는 저의 성의라고 이해해 주세요."

아무래도 천만 원을 주겠다는 말은 진심인 것 같았다. '첫 모임'이라는 말에서 받았던 엉성한 느낌이 '천만 원'이라는 말에 순식간에 사라져버렸다.

"앙칼님의 정체가 진짜 궁금해지네요."

"레몬님, 언젠가는 만날 수도 있겠지만, 지금은 복수 이야기나 실컷 하자고요. 오늘은 레몬님의 복수에 대해 이야기해보기로 한 날이죠? 다들 생각 좀 해보셨나요?"

잠깐 채팅창에 침묵이 이어졌다. 사실 레몬의 복수를 어떻게 할 수 있을지 생각해본 적은 없었다. 채팅에 참여하기 전에는, 침묵을 유지하며 남들이 대화 나누는 것을 조용히 지켜봐야겠다고 마음먹었었다. 그때까지만 해도 이렇게 적은 사람이 모일지 생각도 못 했으니까. 그런데 막상 참여 인원이 네 명밖에 안 되니 아무 말도 하지 않고 있는 게 오히려 더 눈치가 보이는 상황이 되고 말았다. 그렇다고 아무 아이디어나 내기도 쑥스러웠다. 솔직히 복수를 위한 브레인스토밍 같은 건 할리우드 영화에서나 나오는 장면이라는 생각이 들었다. 이런 내 생각을 읽기라도 했는지 앙칼이 다시 말을 꺼냈다.

"우리 어떤 생각을 말하든 서로 비웃지 말기로 해요. 브레인스토밍이라는 게 그렇잖아요. 다들 말씀하기 쑥스러운가 본데, 그럼 제 생각부터 얘기할게요. 복수는 원래 받은 대로 갚아주는 게 원칙이죠. 남편이 자기 부모님이나 레몬님 부모님께 뭔가를 해드리려고 할 때, 레몬님이 먼저 생색을 내는 건 어떨까요?"

그러자 레몬이 고개를 절레절레 젓는 이모티콘을 띄웠다.

"남편은 그냥 보통 남자예요. 뭐랄까 결혼하기 전에는 효도라고는 모르다가 결혼하고 나서야 비로소 효도하겠다고 드는 스타일이죠. 그것도 말로만. 남편이 먼저 시부모님이나 제 부모님을 챙길 확률은 진짜 거의 없다고 봐요. 그러니 제가 남편이 받을 칭찬을 가로챌 틈이나 있겠어요?"

"그렇군요."

앙칼은 싱겁게 수긍했다. 또 다른 아이디어가 있을 줄 알았는데, 앙칼도 그게 전부인 모양이었다. 다시 채팅창의 대화가 끊겼다. 괜히 마음이 조급해졌다. 하지만 다른 한편으로는 앙칼이 방금 낸 정도의 아이디어라면 나도 부담 없이 떠올릴 수 있을 것 같다는 생각이 들었다. 미간을 찌푸리고 아이디어를 떠올리는 것에 집중했다. 먼저 복수의 기본인 '눈에는 눈, 이에는 이'가 안 들어맞는 상황이다. 그렇다면 그에 상응하는 뭔가를 대신 되갚아주면 될 일이었다. 그러다 번뜩 생각이 떠올랐다.

"이렇게 하면 어떨까요? 함정을 파는 거예요."

"함정이라니? 어떻게요?"

레몬이 띄운 이모티콘이 눈을 반짝반짝 빛내며 나를 쳐다봤다.

"생색내는 버릇을 역으로 이용하는 거죠. 먼저 레몬님께서 친정 부모님이든 시부모님이든 뭔가를 드릴 계획을 짜는 거예요. 선물이든 여행이든요. 그럼 그걸 본 남편분이 또 생색을 내실 게 틀림없겠죠?"

"그렇겠죠. 그런데요?"

"대신 레몬님께서 결제를 하지 마세요. 남편분이 생색을 내면서 자신이 어른들께 한 말이 있는 이상, 드리지 않을 도리가 없을 거예요. 뭐 안 드리면 실없는 사람 되는 거고요."

"그래서 결제는 남편한테 하게 하라는 건가요?"

"네. 그래요. 본인이 생색을 냈으니 본인 돈으로 칭찬을 듣게 하는 거죠."

"그거 좋겠네요."

앙칼이 옆에서 거들었다.

"이왕이면 아주 돈 많이 드는 걸로 해드리세요. 옴팡 뒤집어쓰게. 그리고 남편이 생색낼 때 곁에서 맞장구를 쳐서 빼도 박도 못 하게 쐐기를 박으세요."

"그러니까 생색내는 버릇을 역이용하라는 거죠? 재밌겠네요. 부끄부끄님, 아이디어 내줘서 진짜 고마워요. 앙칼님도요."

"아니에요. 뭘 그런 걸 가지고."

나는 이모티콘으로 손사래를 쳤다. 그렇지만 속으로 기

분이 좋은 것만은 어쩔 수 없었다. 이렇게 칭찬을 받은 것이 얼마 만인지. 왜 레몬이 그토록 칭찬에 목말라하는지 알 것도 같았다.

몇 가지 아이디어가 연달아 나와서 그런지, 다시 채팅창에 침묵이 흘렀다. 솔직히 딱히 더 할 말도 없었다. 잘 알지도 못하는 초면이니 더욱 그랬다. 복수 계획을 짜주겠다고 모여놓고, 서로의 취미생활이나 이상형 따위를 묻는 것도 어울리지 않을 것 같았다.

"혹시 레몬님에게 더 말씀해주실 게 있나요?"

앙칼이 물었다. 아무도 대답하지 않았다.

"그럼 오늘은 첫 모임이니 좀 일찍 끝낼까요? 레몬님 안건은 이미 처리한 것 같으니까요."

"그러시죠."

지금까지 숨죽이고 있던 버프가 가장 먼저 동의했다.

"좋아요. 저는 남편한테 이 방법대로 복수해볼래요."

"화이팅입니다. 레몬님, 꼭 성공하세요."

나도 레몬에게 격려를 보냈다.

"참, 다음에는 버프님의 사연을 가지고 이야기해봐요. 게시판 사연은 개별 톡으로 링크 보내드릴게요."

버프는 아무 말이 없었다. 아무래도 그는 여기에 적극적으로 참여하기보다는 지켜보는 걸 택하기로 한 모양이었다. 이런 버프의 태도를 탓하고 싶지는 않았다. 이 모임이 마음에 들었던 건, 이야기만 할 뿐 아무것도 강요하지 않는다는 점이었으니까. 앙칼 역시 버프의 대답에 신경 쓰지 않는 듯했다.

"그럼, 이만 끝내죠. 혹시 모르니 이 단톡방은 폭파하도록 해요. 다음 주 금요일에 봐요."

그 말과 함께, 우리 네 사람은 다 같이 채팅창을 나갔다.

그날 밤, 침대에 누워 잠을 청하면서, 나는 오랜만에 놈에 대한 생각을 잠시나마 접어둘 수 있었다. 정확히는 놈에 대한 잔인한 복수 방법들을 떠올리며 즐겁게 고통을 잊었다.

이튿날, 머리맡에 두었던 핸드폰 진동 소리가 요란하게 울렸다. 이불 속에서 손만 뻗어 잠이 덜 깬 목소리로 전화를 받았다.

"여보세요."

"아직 처자냐? 뭐 살지 고민해봤어?"

놈이었다. 순간 잠이 확 달아났다.

"무슨 소리야? 사진이나 지워."

"우리 추억이 담긴 사진이라 어떻게 해야 할지 모르겠다. 네가 하는 거 봐서."

"안 지우면 고소할 거야."

"친구 사이에 뭘 그렇게까지 하고 그래? 좋게 해결하자. 가구 더 사기 싫으면 오늘 나와서 같이 배달 좀 하자. 그럼 지워줄게."

"같이 배달을 하자고?"

"응. 같이 일하던 친구가 다리를 삐어서 움직일 수가 없대. 친구지간에 돕고 살자."

"미쳤어? 내가 왜 배달을 같이해?"

"안 하면, 전 세계인이 어떤 병신 같은 고딩 누드 감상하게 되는 거고."

"분명히 고소한다고 했다?"

"그건 마음대로 하세요. 배달할 거야, 안 할 거야?"

놈은 막무가내였다. 어차피 잠에서 깬 김에 가만히 생각해봤다. 고소를 하고, 경찰서에 들락거리고, 놈이 내 사진을 인터넷에 올릴지 올리지 않을지 노심초사하는 것보다는 오늘 하루 힘들고 마는 게 나을 수도 있었다. 놈의 말을 또 들어주는 게 자존심 상하지만, 이게 가장 원만한 해결 방법이라면 한 번 더 참기로 결심했다. 놈에 대한 복수는 일단 사진부터 지우고 난 다음에 생각해보기로 했다.

"알았어. 꼭 지워."

"그럼. 배달만 끝나면 눈앞에서 지워줄게."

놈은 자신의 가구점 위치를 불러주고, 당장 달려오라고

했다. 나는 대꾸도 하지 않고 전화를 끊어버렸다.

그날 하루는 지옥 같았다. 물론 가구 배달이라는 몸에 익지 않은 일을 하느라 육체적으로 힘들었던 것도 있지만, 놈과 함께 하루를 보내는 것이 더 힘들었다. 되도록 놈과 눈을 마주치지 않으려고 했지만, 가구를 옮기기 위해서는 어쩔 수 없이 호흡을 맞춰야 했다. 놈은 이렇게 들어라, 저렇게 옮겨라 끊임없이 명령을 해댔고, 그럴 때마다 고등학교 때로 되돌아간 것 같아서 기분이 더러웠다.

입고 나간 검은색 셔츠가 땀에 절다 못해 하얗게 소금기까지 껴서야 비로소 일이 끝났다. 기나긴 하루였다. 다행히 놈은 더 이상 지분거리지 않고, 내 눈앞에서 오래된 핸드폰을 꺼내 그 안에 있는 사진을 모두 지웠다. 내가 벌거벗고 있는 사진은 다섯 장가량이었는데, 단 한 장도 예외 없이 비참했다. 사진을 하나하나 확인할 때마다 놈의 면상을 날려버리고 싶은 충동을 억눌러야만 했다. 돌아서는데 놈은 또 보자며 내 어깨를 툭 쳤다. 나는 구더기라도 붙은 것마냥 신경질적으로 어깨를 털어내고 터덜터덜 집으로 되돌아갔다.

일주일 내내 복수만 생각했다. 두 번이나 놈의 요구를 들어준 게 화가 나서 견딜 수가 없었다. 어떻게 하면 놈에게 내가 받은 만큼의 고통을 줄 수 있을까, 고민하고 또 고민했다. 하지만 딱히 뾰족한 수가 떠오르지 않았다. 왕따를 당하던 당시에는 훗날 복수를 위해 놈이 나를 괴롭힌 증거를 모아두지 않았었다. 그렇다면 내가 폭행당한 사실을 경찰에 진술할 수도 있겠지만, 시간이 너무 흘러서 내 진술이 증거로 인정될 수 있을지도 의문이었다. 아니, 아예 공소시효가 끝났을 수도 있었다. 어떻게든 놈을 괴롭히고 싶지만, 불법을 저지르지 않고도 복수할 수 있는 방법이 당최 떠오르지 않았다.

금요일이 되기 전에, 앙칼은 버프의 사연이 올라와 있는 게시판 주소를 보내주었다. 이번에는 미리 아이디어를 마련하기로 했다. 일단 나의 복수에 관한 아이디어를 얻기 위해서라도 다른 이들의 복수에 아이디어를 내줘야 했다. 게다가 버프는 채팅에 거의 참여하지 않는 사람이라, 오히려 그 사연이 궁금했다.

'하…… 어디서부터 이야기해야 할지 모르겠습니다.' 첫 문장이 익숙했다. 하, 라는 감탄사로 시작하는 것하며, 딱딱한 군대식 말투가 해용 씨 같았다. 하지만 설마, 했다. 같은 회사의 같은 팀에 있는 세 명의 직원이 얼굴도 모르는 익명의 온라인 모임에서 만날 확률이 얼마나 될까. 그래서 버프가 해용 씨일 수 있다는 생각은 접어두기로 했다. 계속해서 버프의 사연을 읽어 내려갔다.

'저는 평범한 회사원입니다. 서른네 살인데, 딱 한 번 연애 경험이 있습니다. 대학 다닐 때 CC였는데, 별 탈 없이 사귀었기 때문에 졸업하고 결혼도 생각했었습니다. 하지만 아버지께서 반대하셨습니다. 전 여자친구에게 장애가 있었거든요. 어릴 때 교통사고를 당해서 왼쪽 다리를 살짝 절었습니다. 하지만 일상생활에는 아무런 지장이 없었고, 저 역시 이상하게 생각한 적이 없었습니다. 정말 아버지의 반대가 이해가 가지 않았지만, 결과적으로 아버지를 이기지 못했습니다. 하…… 맞습니다. 제가 못난 놈입니다.

아무래도 과 CC다 보니 전 여자친구 소식을 간간이 들을 때가 있었는데, 지금은 제 대학 동기와 만나고 있다고 했습니다. 저와 친한 사이기는 했는데, 여자 문제를 일으키고 다니는 편이라 속으로 참…… 만나도 왜 저런 놈을 만날까 안타깝게 생각했습니다. 하지만 뭐 이미 지난 인연이니까, 마음에 두지 않으려고 노력했습니다. 그렇지만 누군가를 만나려는 마음이 식어버린 탓인지 이후 이상하게 다른 여자분이 눈에 들어오지 않았습니다.

보다 못한 부모님이 저에게 맞선을 보게 했습니다. 아버지를 통해 들어온 자리인데, 사실 이건 저에게 이 여자와 결혼하라는 명령 같은 거였습니다. 아버지는 언제나 제가 본인 뜻대로 하길 원하시는 분입니다. 아버지가 고른 여자라면 당연히 조건들을 다 따져봤을 것이고, 본인 마음에 들었으니 자리를 만드셨을 겁니다.

아버지 때문에 별생각 없이 선 자리에 나갔지만 인연이 있다는 말이 실감 날 정도로 그 여자분이 마음에 들었습니다. 그쪽도 절 마음에 들어 했습니다. 그래서 상견례까지 일사천리로 진행되었습니다. 생각해보니 여자친구라기보다는 약혼자라는 표현이 맞을 것 같네요. 선을 통해 만났지만 저는 오랜만에 하는 연애라 참 행복했습니다. 나란히 걷고 있으면 행복해서 눈물이 날 정도였습니다.

상견례 직후, 결혼 날짜를 잡자마자 약혼자와 저는 신혼집을 구해서 같이 살기 시작했습니다. 어차피 결혼할 사이라 양가 모두 허락했습니다. 집은 형편이 넉넉하신 저희 부모님께서 해주셨습니다. 같이 사니까 더 행복했습니다. 저는 약혼자가 원하는 것을 다 들어주려고 했습니다. 사실 제가 재미없는 남자라는 걸 잘 알아서, 돈으로라도 약혼자의 마음을 얻고 싶었습니다. 생일선물로 백화점에 가서 주얼리도 사줬고, 평소 타고 싶어 하던 차도 한 대 뽑아줬습니다.

같이 산 지 보름쯤 됐을 때, 약혼자가 회사를 그만두었습니다. 결혼하면 전업주부로 지내고 싶다고 했습니다. 저는 그러라고 했습니다. 예전부터 약혼자가 회사생활을 힘들어하는 것 같아서 참 안쓰러웠으니까요. 하지만 그게 화근이 될 줄 몰랐습니다. 하루는 회사에 갔다가 몸이 안 좋아서 점심때쯤 퇴근을 했습니다. 신혼집에 문을 열고 들어갔는데, 욕실에서 물소리가 들렸습니다. 저는 약혼자가 샤워를 하나 보다 생각했습니다. 별생각 없이 거실로 갔는데, 약혼자의 옷과 웬 남자의 옷이 널브러져 있었습니다. 감이 왔습니다. 정말 눈앞이 캄캄해진다는 말이 무슨 뜻인지 알겠더군요. 저는 욕실로 가서 문에 귀를 갖다 댔습니다. 저음의 굵은 남자 목소리가 들리고 약혼자가 깔깔대고 웃는 소리가 들렸습니다. 그 여자가 그렇게 밝게 웃는 건 처음이었습니다. 그런데 이상하게도, 문을 열고 그 현장을 덮치고 싶지가 않았습니다.

저는 조용히 집을 빠져나와 놀이터 그네에 걸터앉았습니다. 계속해서 욕실에서 들려오던 남자 목소리가 떠올랐습니다. 그때는 경황이 없어서 몰랐는데, 돌이켜보니 아주 낯익은 목소리였습니다. 하…… 이걸 주작이라고 해도 안 믿으실 것 같은데, 제 전 여자친구와 사귀고 있다던 그 대학 동기였습니다. 두 사람, 아마 집들이 때 눈이 맞은 것 같습니다. 결혼 전이었지만 친한 대학 동기들을 미리 불러서 집들이를 했었거든요. 정말이지, 서둘러 했던 집들이가 그렇게 후회될 수가 없었습니다. 집들이를 하자고 먼저 얘기했던 저 자신이 오히려 미웠습니다.

그렇게 자책을 하다가 어두워져서야 집에 들어갔습니다. 약혼자가 아무 일 없다는 듯 웃으면서 저를 맞이하더군요. 저에게 안기면서 애교도 부리고요. 저는 낮의 일을 숨기고 다 받아줬습니다. 밤에 약혼자가 잘 때 핸드폰을 확인했습니다. 그 새끼 그러니까 대학 동기와는 어떤 증거도 남아 있지 않았습니다. 카톡으로 대화한 내용도 없고, 낯선 번호로 통화한 흔적도 없었습니다. 어쩌면 깨끗하게 지워버렸는지도 모르겠습니다.

지금은 서재 방에서 혼자 이렇게 글을 쓰고 있습니다. 하…… 뭐라고 말을 해야 할지 모르겠습니다. 화도 나고, 약혼자와 그 새끼를 참…… 죽이고 싶습니다. 그러나 아무런 흔적도 없는 약혼자의 핸드폰을 떠올리면, 제가 착각한 게 아닐까 하는 생각마저 듭니다. 차라리 제 착각이었으면 좋겠습니다. 곰곰이 생각해보니, 저는 아직도 제 약혼자를 사랑합니다. 그 여자가 진심으로 용서를 빈다면 한 번쯤 덮어줄 수도 있을 것 같습니다. 참…… 저는 어떻게 해야 할까요?'

사연을 읽고 나자 버프가 해용 씨가 아닐까, 하는 의심이 더욱 짙어졌다. 문체가 닮은 것 외에도, 해용 씨가 얼마 전에 결혼을 앞두고 있다고 자랑스레 말했던 기억이 떠올라서였다. 하지만 최근에 무슨 일인지 계속 표정이 어두웠었다. 그렇다고 다짜고짜 해용 씨에게 전화해서 버프냐고 물어볼 수도 없는 노릇이었다.

어쨌거나, 버프의 사연을 읽고 나니 그가 왜 대화에 참여하지 않았는지 알 것 같기도 했다. 글에도 나와 있듯이 버프는 복수를 해야 할지 말아야 할지 망설이고 있는 것이다. 그가 이런 상태라면 내가 아이디어를 내주는 게 무슨 의미가 있을까 싶었다. 하지만 복수를 하고 말고는 버프가 결정할 일이다. 나는 그저 내 목적을 위해 이 모임에 참여하면 그만이었다.

금요일 8시, 컴퓨터 앞에서 대기했다. 이틀간 고민해둔 아이디어를 막상 낼 생각을 하니 가벼운 긴장감이 들었다. 앙칼이 만든 채팅창에서 알람이 왔다. 나는 재빨리 접속했다. 그리고 나보다 조금 늦게 레몬과 버프도 들어왔다. 이번에도 네 명이 전부였다. 신입회원 모집이 그리 쉽지는 않은 듯했다.

"안녕하세요. 한 주 잘 보내셨나요? ^^"

앙칼이 경쾌하게 물었다.

"여러분 덕분에 저도 잘 보냈어요~ 그리고 저 진짜 복수에 성공했어요."

"정말요?"

앙칼과 내가 동시에 되물었다.

"네, 덕분에요."

레몬이 이모티콘으로 활짝 웃었다.

"축하해요!"

나는 폭죽 이모티콘을 띄워주었다.

"어떻게 성공했나요?"

앙칼이 물었다.

"부끄부끄님이 말씀하신 대로 남편이 볼 때, 일부러 명품 백을 검색하는 척했어요. 마침 며칠 후에 시어머니 칠순이시거든요. 남편이 뭐 하냐고 묻더라고요. 그래서 시어머니 칠순에 백 하나 선물해드리려고 한다고 했어요. 어머니 검소하게 사셨는데, 이제 이런 백 하나쯤 들고 다니시면 좋을 것 같다고 말했죠. 그리고 이번에야말로 깜짝 선물이니까 절대로 시어머니께는 먼저 생색내지 말라고 당부했어요. 제가 이렇게까지 당부를 한 건 정말 시어머니께 선물을 준다는 걸 믿게 하려는 속셈도 있었지만, 뭐랄까…… 그래도 남편이 스스로 생색내는 버릇을 고치길 바라는 마음이 있었어요. 앞으로 한두 해 살 것도 아니니까요. 맞춰가며 잘 사는 게 좋잖아요. 예상대로 남편은 알겠다고 했어요. 저는 남편이 돌아서자마자 검색 사이트를 닫았고요.

근데 역시 제 버릇 정말 개 못 주더라고요. 이틀 뒤에 남편이랑 시부모님 댁에 갔을 때, 이번에 자기가 어머니 칠순에 명품 백 하나 사드리기로 했다고 생색을 내더라고요. 그것도 내가 보는 앞에서요. 정말 이 사람은 진짜 구제불능이구나 싶었어요. 그렇지만 참았네요. 복수를 해야 하니까요. 토요일을 노렸어요. 남편은 토요일에는 어김없이 낮잠을 자는 습관이 있거든요. 저번 주에도 틀림없었죠. 저는 남편이 잠든 틈에 남편 지갑에서 카드를 꺼내 백화점에 가서 명품 백 중에 가장 비싼 걸로 사 왔어요. 그리고 남편이 낮잠에서 깨기를 기다렸다가 명품 백과 남편 카드 그리고 영수증을 함께 내밀었어요. 시어머니 칠순 선물을 당신 카드로 결제했다고 말했죠. 그 말에 남편이 진짜 눈을 동그랗게 뜨고 영수증을 받아 들데요. 손가락으로 0이 몇 개인지 세보더라고요. 아마 놀랐겠죠. 남편이 물었어요. 이걸 왜 자기 카드로 결제했냐고요. 그래서 말해줬어요. 당신이 드린다고 했으니 당연히 당신이 결제하는 게 맞지 않느냐고 말이죠. 남편은 한숨을 푹 쉬더니 한참을 고민하더라고요. 저는 자꾸만 웃음이 나서 밖에 나와서 청소하는 척했어요. 좀 있다 톡이 왔어요. 반반 하재요. 자기도 이런 말 하기 구차했는지, 내가 거실에 있는 걸 뻔히 알면서도 문자를 한 거 있죠? 나는 당연히 싫다고 했죠. 결국 남편이 시어머니 칠순에 효도 한번 했죠. 칠순 날까지 남편이 뭐라고 한 줄 알아요?"

"뭐라고 했는데요?"

내가 물었다.

"자기 어머니는 검소한 분이라 이런 백 주면 틀림없이 반품하실 거래요. 그런데 시어머니께서 너무 좋아하시는 거 있죠? ㅋㅋㅋ 아들 덕에 호강한다고요. 남편은 시어머니께서 너무 좋아하시니까 뭐라고 말도 못 하고 뚱하게 있더라고요. 내 덕분에 남편은 시어머니께 효도 한번 크게 했죠."

앙칼은 ㅎㅎㅎㅎㅎㅎ를 눌러댔다. 나 역시 배꼽을 잡고 웃는 이모티콘을 띄웠다. 그러다 앙칼이 말했다.

"사이다네요. 저도 옆에서 봤으면 좋았을걸. 그런데 혹시 성공을 증명해줄 만한 증거는 있나요?"

"그럼요! 앙칼님."

레몬은 채팅창에 복수를 하면서 모았던 파일들을 보냈다. 백화점에서 명품 백을 산 카드 영수증과 백값을 나눠 내자는 남편의 제안을 거절하는 레몬의 톡 메시지였다. 실제 톡에서는 남편이 백값을 나눠 내자고 두 번 세 번 조르고 있었다. 내 눈에는 조작 같지는 않았다.

"다들 어떻게 보세요? 복수했다고 인정할 만해요?"

"네. 저는 인정할 만하다고 생각해요."

내가 먼저 동의했다. 이어 저도요, 하고 버프도 동의했다. 이제 앙칼만 남았다. 어차피 앙칼의 생각이 중요했다. 상금을 내건 사람은 그녀였으니까. 모두가 동의해야 상금을 지급한다는 말은 달리 표현하자면 한 명, 즉 앙칼 자신이 반대해도 지급하지 않겠다는 말과 같다. 그러니까 상금을 주고 안 주고는 앙칼 마음이라는 뜻이었다. 그래도 상관없었다. 애초에 상금에 욕심 나서 모임에 참여한 것도 아니고, 돈을 부담하는 것도 앙칼 개인의 몫이기 때문이었다.

"저도 동의해요. 레몬님, 훌륭하게 성공하셨네요. 계좌번호를 불러주세요. 약속대로 복수 이행 상금 보내드릴게요."

"진짜요? 정말 주시는 거예요?"

"그럼요. 전 거짓말 안 해요."

"이거 정말…… 받아도 되나 몰라……."

"안 받으시면 제가 무안해요. 못 지킬 약속을 한 사람이 되니까요."

"그럼 계좌번호는 따로 보내드릴게요."

레몬은 이모티콘으로 고개를 꾸벅 숙였다. 나는 눈이 번쩍 뜨였다. 천만 원이 빈말이 아니라니. 그러니까 만약 내가 복수에 성공한다면 이 돈을 받게 되는 것이다. 평범한 회사원인 내 입장에서는 결코 적은 돈이 아니다. 이 기회에 차를 바꿀 수도 있다.

그런데 지금까지 별말이 없었던 버프가 레몬에게 질문을 던졌다.

"복수를 해서 좋은가요?"

단 한 줄의 질문이지만, 이미 버프의 사연을 읽은 후라 그런지 그가 진지하게 묻고 있다는 느낌을 받았다. 레몬도 마찬가지였는지, 조금 뜸을 들이다가 대답했다.

"흠…… 뭐랄까…… 사실 남편에게서 반반 하자는 말을 들으니까, 정이 확 떨어졌어요. 사람들 앞에서 통 크게 보이고 싶어 하고, 생색내는 거나 좋아했지, 실제로는 그릇이 참 작은 사람이더라고요. 저는 굳이 이 냉전을 깨고 싶지 않아요. 이왕 결혼했으니 다시 사랑하게 되면 좋겠지만, 이대로 사랑이 식어도 딱히 지나간 일을 돌이키고 싶지는 않을 것 같아요. 평생 스트레스를 안고 사느니 차라리 혼자 사는 것도 나쁘지 않다는 생각도 들거든요."

레몬의 마지막 말에 갑자기 분위기가 가라앉았다. 몇 초간 채팅창에 침묵이 흘렀다. 그러자 레몬은 환하게 웃는 표정의 이모티콘을 보여주었다.

"이 분위기 뭐죠? 다들 너무 심각하신 듯. 저 아직 이혼한 것도 아니고, 남편에게 제가 당한 걸 되갚아줬지만 불행해진 것도 아니에요. 다만 뭐랄까. 굳이 이 일을 벌이지 않았으면 알지 못했을 남편의 다른 면을 보게 된 정도예요."

"아직 대답을 안 해주셨어요. 그래서 복수를 해서 좋은가요?"

버프가 다시 레몬에게 물었다. 웬만해서는 말이 없던 버프였다. 그런 그가 두 번이나 묻는 건 뜻밖이었다. 어쩌면 버프가 지금까지 지켜온 침묵은 말하기 어려운 고통의 다른 형태일지도 모른다는 생각이 들었다.

"굳이 어느 쪽이냐고 묻는다면…… 네, 저는 당연히 좋다고 말할 거예요. 전 답답한 것보다는 속 시원하게 사는 게 훨씬 좋아요."

그러자 앙칼이 레몬의 말에 덧붙였다.

"그리고 무엇보다, 복수를 하지 않았다면 레몬님에게 아직 선택권이 있다는 걸 깨닫지 못했을 수도 있어요. 남편과 살지 말지 택할 권리 말예요."

레몬은 맞아요, 하고 손뼉을 치는 이모티콘을 띄웠다. 이상하게도 그녀가 자신의 기분을 과장한다는 느낌이 들었다. 하지만 그 때문에 채팅창 분위기가 조금 풀린 것도 사실이었다.

"그럼, 버프님 이야기를 할까요? 다들 생각은 해 오셨나요?"

그때 레몬이 말했다.

"앙칼님, 잠깐만요. 그 전에 버프님께 묻고 싶은 게 있어요. 버프님은 복수를 하고 싶으신가요?"

버프는 대답하지 않았다. 나 역시 가만히 채팅창을 지켜보았다. 1분쯤 지났을 때, 버프가 메시지를 띄웠다.

"하…… 아직 잘 모르겠습니다. 제 약혼자는 아직도 그 남자와의 관계를 유지하고 있습니다. 제가 그만 멈춰달라고 사인을 보낸 적도 있습니다. 화장실 문 바깥쪽에 걸쇠를 달아두었습니다."

"왜요? 화장실 문밖에 왜 걸쇠를 달아요? 설마 약혼자를 가두겠다는 뜻?"

내가 물었다.

"네. 이해가 안 가는 짓일 수도 있습니다. 하지만 저도 생각이 있었습니다. 약혼자가 화장실 문 걸쇠를 보고 묻더군요. 왜 밖에다가 이런 걸 달았느냐고요. 그래서 제가 말했습니다. 누가 화장실에 자꾸만 들어오는 것 같다고. 네. 약혼자와 그 새끼와의 관계를 제가 알고 있다는 걸 돌려 말하기 위해서였습니다. 하지만 약혼자는 이 집에 이사 온 후로 찾아온 사람은 아무도 없다고 하더군요. 물론 시치미를 뗀 겁니다.

그래도 조금 당황하는 게 보여서 그 후로 조심할 줄 알았습니다. 그런데 그렇지 않았습니다. 사람을 사서 뒷조사를 시켰더니, 제가 회사에 가면 그 새끼를 집에 끌어들이고 있었습니다. 둘이서 매번 같이 샤워라도 하는지, 퇴근 후에 욕실에 가면 언제나 바닥에 물기가 남아 있었습니다. 변기에 앉아서 운 적도 있습니다. 우는 소리가 새 나가지 않게 이를 악물고요. 저는 지금 참…… 너무 괴롭습니다."

생각지도 못한 긴 글이었다. 그동안 하지 못했던 말을 다 쏟아내려고 작심한 것 같았다. 레몬이 눈물을 흘리는 이모티콘을 띄웠다. 분명 버프의 말에 공감한다는 뜻이었겠지만, 어쩐지 지금 분위기와 귀여운 외모의 이모티콘은 어울리지 않았다. 하지만 이 눈치 없어 보이는 이모티콘 때문에 이번에도 분위기가 살짝 풀어진 것 같았다. 그 틈에 앙칼이 먼저 말을 꺼냈다.

"혹시 결혼을 하게 되면, 약혼자분이 버프님에게만 집중하게 될까요?"

"잘 모르겠습니다."

"결혼하고도 같은 상황이 반복된다면 더 지옥일 거예요. 본인이 고통받을 각오를 하고, 뭔가 다른 행동을 하지 않으면 영원히 이 상태가 계속될 거예요."

"그건 맞습니다. 하지만 제가 더 괴로워진다면 어떻게 할까요?"

"맞아요. 더 괴로워질 수 있겠죠. 하지만 버프님이 복수를 하게 되면, 약혼자가 그 남자를 떠나보내고 버프님에게 집중을 한다든지, 아니면 비록 약혼자분은 떠나겠지만 더 좋은 분을 만날 수도 있겠죠. 연애에 자신이 없다 해도, 결혼정보회사를 통한다면 또 다른 여성분을 만날 수 있을 테니까요. 제 얘기는 간단해요. 지금처럼 계속해서 괴롭든지 아니면 상황을 바꿔서 새로운 삶의 가능성을 열어보든지요."

"앙칼님 말씀이 맞는 것 같아요. 세상에 여자는 많아요. 하지만 그분은 아니에요. 버프님을 좋아하는 게 아니라 버프님의 조건을 좋아하는 거예요. 물론 결혼에 조건은 중요하지만, 제가 결혼해서 살아보니 사랑도 그에 못지않게 중요해요. 조건을 보고 만나도 결국엔 뭐랄까…… 부부간의 정이라는 게 생기게 되거든요. 하지만 버프님을 사랑해주지 않는 사람과 평생 사는 건 너무 괴로운 일일 거예요."

"버프님, 약혼자를 사랑하셔서 괴롭겠지만 다른 한편으로 밉기도 하겠죠?"

앙칼이 물었다.

"네. 증오합니다."

뜻밖에 버프가 즉각적으로 대답했다. 증오라는 말이 버프의 손끝에서 나오자 생경했다.

“좋아요. 그 증오라는 감정 말예요. 나쁜 게 아닐지도 몰라요. 쓸모가 없다면 왜 우리가 그런 감정을 가진 채 진화했을까요? 신이건 자연이건 쓸모없는 걸 우리 몸에 남겨두지는 않았을 거예요. 오히려 증오해야 하는데, 그러지 않으려고 노력하는 게 더 우리를 병들게 하는 거 아닐까요? 한번 증오해보세요.”

버프는 아무 말도 하지 않았다. 하지만 지금의 침묵은 이전의 침묵과는 다르다는 생각을 했다. 이전에는 자신의 괴로움을 토로할까 말까 망설이던 침묵이었다면 지금은 약혼자에 대한 복수를 할지 말지 결정하기 직전의 침묵처럼 느껴졌다.

“네. 뭔가를 해야 할 때인 것 같습니다. 저는 늘 참으면서 살아왔습니다. 아버지 기대를 충족시키고 싶었으니까요. 학창 시절에는 공부를 잘하기 위해 하고 싶은 걸 참았고, 군대를 장교로 가길 바라는 아버지 때문에 대학 시절에도 ROTC에 지원했습니다. 결국 대학을 다닐 때에도 하고 싶은 걸 마음껏 하지는 못했습니다. 결혼도 마찬가지였습니다. 저는 좀 더 혼자만의 생활을 갖고 싶었지만 아버지께서 원하시니 해야 한다고 생각했던 겁니다. 그리고 약혼자의 바람을 알고 나서는 매일 울음을 참기만 했습니다. 그러나 더 이상 참고 싶지 않습니다.”

버프의 글을 보다 보니, 그가 원하는 건 복수가 아니라는 생각이 들었다. 버프는 삶의 터닝 포인트를 원하는 것 같았다.

"좋아요. 버프님이 결심을 하셨으니 우리는 그걸 도와야겠죠. 혹시 생각해보신 게 있다면 말씀해주실래요?"

앙칼이 이 말을 해주기를 기다렸다는 듯 레몬이 먼저 자신이 생각해 온 아이디어를 냈다.

"불륜은 증거를 잡는 게 중요하죠. 파혼 후에, 손해배상까지 생각한다면 더더욱 그래야 해요. 결혼이 임박했으니 준비하느라 이것저것 들인 돈이 많을 거 아녜요. 그걸로 손해배상 청구라도 하세요. 집에 약혼자 모르게 CCTV나 녹음기 같은 걸 설치해봐요. 그것만큼 확실하게 증거를 잡을 수 있는 방법은 없어요."

레몬은 결혼한 선배답게 현실적인 이야기를 했다.

"조언은 감사하지만, 저는 손해배상을 원하지는 않습니다. 말씀드렸듯이 저희 집이 가난하지는 않습니다. 저는 다만 약혼자도 저로 인해 고통받기를 원할 뿐입니다."

"하지만 솔직히 약혼자가 버프님을 사랑하지 않잖아요. 그런데 대체 어떻게 고통을 줄 수 있을까요?"

레몬이 냉정하게 되물었다.

"모르겠습니다. 그게 저도 생각이 안 납니다. 하……."

말끝에 '하……' 하고 한숨을 쉬는 것은 해용 씨가 주로 답답할 때 내뱉는 한숨 같은 것이다. 아마 버프도 답답해하는 게 아닐까. 이번에는 앙칼이 자신의 생각을 말했다.

"만약 고통을 주는 게 어렵다면 망신을 주는 건 어떨까요? 약혼자와 그 남자의 주변 사람들에게 이 일을 모두 알리는 거예요."

평범해 보였지만 그럭저럭 심리적인 타격은 줄 만한 생각이었다.

"저도 그 생각을 해보기는 했지만, 제가 모은 증거들을 섣불리 여기저기 풀었다가는 오히려 명예훼손 같은 걸 당하지 않을까 걱정이 됐습니다."

"하긴 그럴 수도 있겠네요. 저는 법은 잘 모르지만요. 혹시 부끄부끄님은 생각하신 게 있나요? 부끄부끄님은 지난번에도 좋은 아이디어를 내셨으니 이번에도 기대가 되네요."

얼핏 들으면 앙칼이 나를 칭찬하는 것 같지만, 듣기에 따라서는 뭐라도 참신한 아이디어를 내라고 몰아가는 것 같기도 했다.

"음…… 망신을 주는 게 저도 좋을 것 같은데요……. 유치하긴 한데 제가 생각한 방법이 하나 있기는 해요."

"뭔가요?"

레몬이 두 손을 모으고 눈을 반짝거리는 이모티콘을 띄웠다.

“제가 예전에 가구 배달하던 게 생각나서 갑자기 떠오른 건데요. 음…… 약혼자하고 남자가 샤워를 자주 한다니 그 문을 막아버리는 건 어떨까요? 원래는 소파 같은 걸로 막으면 되겠다고 생각했는데 마침 버프님이 화장실 문밖에 걸쇠를 달아놓았다고 하니까 더 쉽겠네요. 그냥 걸쇠를 걸어버리세요.”

“그래서요?”

버프가 물었다. 지금까지 낸 아이디어들 중에서 그가 처음으로 관심을 보였다.

“그럼 둘이 갇힐 테고, 사람들을 집으로 초대하는 거죠. 그러면 자연스럽게 두 사람이 벌거벗은 채 욕실에서 나오는 걸 모든 사람이 보게 되겠죠. 아마 두 사람은 확실하게 망신을 당하지 않을까 싶어요. 게다가 버프님 집이니까 주인인 버프님이 사람들을 초대한다고 해서 뭐라고 할 사람도 없고요.”

내 말이 끝나자마자 앙칼이 거들었다.

“재밌는 생각 같아요. 이참에 집들이를 한 번 더 하세요.”

버프는 바로 대답하지 않고 잠깐 뜸을 들이다가 말했다.

“그럼 제 약혼자와의 관계는 확실하게 정리될 것 같기는 합니다. 부끄부끄님의 아이디어는 진지하게 생각해보겠습니다. 오늘 말씀 감사합니다."

아직 마음이 아파서 더 이야기를 이어가고 싶지 않은 것인지, 아니면 아이디어들이 신통치 않다고 생각됐는지 버프는 갑자기 채팅을 마무리 지으려고 했다. 우리는 동의할 수밖에 없었다. 어찌 됐건 이번 채팅의 주인공은 버프이기 때문이다.

"그럼 다음에는 부끄부끄님 차례예요. 사연 보내드릴테니 다들 읽어보시고, 다음 주에 봐요."

앙칼이 채팅창을 나가자 곧바로 레몬이 메시지를 띄우고 나갔다.

"버프님 힘내세요."

나 역시 어깨를 토닥이는 이모티콘을 띄웠다. 그리고 버프는 내가 채팅창을 나갈 때까지 계속해서 그곳에 머물렀다.

복수와 결과

월요일, 회사에 출근하자마자 사장이 직접 우리 팀 사무실까지 내려와서 한바탕 퍼부어댔다. 이유는 대형 포털 사이트에서 우리 회사의 사연 게시판과 똑같은 서비스를 시작했다는 거였다. 당연히 팀원들은 모두 알고 있는 일이었다. 심지어 나는 거기서 '베스트 톡'에 오른 바도 있다. 사장은 왜 이걸 여태까지 보고하지 않았느냐고 소리 지르면서 눈에 보이는 집기를 닥치는 대로 직원들에게 집어 던졌다. 물론 이럴 줄 알고, 보고하지 않은 것이다. 보고해도 맞고 안 해도 맞을 거라면 안 하고 맞는 게 낫다. 사장은 자기 주변에 더 이상 던질 물건이 없자 분을 이기지 못하고 손에 쥐고 있던 핸드폰을 팀장에게 던졌다. 팀장은 순발력을 발휘해 자신의 이마를 적중시킨 핸드폰이 깨지지 않게 손으로 안전하게 받아냈다. 그는 핸드폰을 공손하게 사장에게 갖다 바쳤고, 사장은 팀장의 이마에 난 피를 확인하고서야 화를 멈췄다. 그리고 당장 대책을 내놓으라고 다시 한번 소리를 지르고 사무실을 떠났다. 그야말로 팀장이 피를 흘린 대가로 사무실은 비로소 평화를 되찾은 셈이었다.

대책 회의를 했지만, 뾰족한 수가 나올 리 없었다. 팀장은 우리가 가진 강점을 최대한 활용하면 방법이 나올 수 있다고 역설했지만 우리의 강점이라고는 사연 주작에 숙련된 창작자들이 여럿 있다는 것뿐이었다. 그러나 팀장의 이마에 붙어 있는 일회용 반창고를 보며 가슴이 아팠던 팀원들은, 그의 앞에서 더 열심히 주작을 일삼아보겠다고 다짐하는 척 위로했다. 역시나 하나 마나 한 회의였다.

회의가 끝나고 상희 대리가 점심을 쏘겠다고 했다. 별일이었다. 작년에 아이를 낳고 난 후, 아이는 사랑이 아니라 돈을 먹고 크는 존재라는 푸념을 입에 달고 다니던 그녀였다. 밥값 아끼느라 늘 도시락을 싸 가지고 다녔었다. 아침부터 사장에게 깨졌음에도 기분이 좋아 보였다. 나는 상희 대리가 데리고 간 중식당에서 물을 따르며 물었다.

"뭐 좋은 일 있었어요?"

"공돈이 좀 생겼어."

상희 대리는 배시시 웃었다.

"어디서요?"

"그건 얘기하기가 좀 곤란해."

상희 대리는 물을 한 모금 마시고는 팀장의 이마를 걱정하며 화제를 돌렸다. 나는 호시탐탐 돈의 출처를 물을 기회를 노렸지만 마침 탕수육이 나왔기 때문에 더 이상 대화는 이어지지 못했다. 나는 탕수육을 씹으며 혹시 상희 대리가 레몬이 아닐까 생각했다. 갑자기 천만 원쯤 생긴다면 팀원들에게 점심 정도는 쏠 수 있을 테니까. 아니나 다를까, 상희 대리는 주말 내내 자신이 큰맘 먹고 산 명품 가방을 교환하느라 애를 먹었다는 이야기를 하고 있었다. 아이 분유값 대느라 양말 살 돈도 없다던 상희 대리가 말이다. 혹시 앙칼을 아느냐고 묻고 싶은 마음이 굴뚝 같았지만, 꾹 참았다. 만약 상희 대리가 레몬이라면, 내 사연이 온 회사에 소문나는 건 시간문제다. 우리 회사에서 돌아다니는 소문의 절반 정도는 상희 대리의 입에서 나온 것이라고 봐도 무방했다. 심지어 그녀 스스로도 자신에게는 절대 비밀을 얘기하지 말아달라고 부탁할 정도였다. 나는 나의 가장 치욕스러운 과거를 온 회사 사람들이 알기를 원하지 않았다.

물론 상희 대리의 공돈이 다른 곳에서 생겼을 수도 있다. 그렇지만 상희 대리가 레몬일지도 모른다는 쪽으로 생각이 흐르자 몇 가지가 떠올랐다. 첫 번째, 상희 대리와 레몬이 같은 사람이지만 사실은 복수고 뭐고 전부 주작일 수 있다. 하지만 이 생각은 떠올리기만 했음에도 배신감이 들었다. 레몬이 복수에 성공했다고 했을 때, 나는 진심으로 기뻤다. 동시에 나도 복수를 할 수 있을 거라는 희망도 가졌었다. 하지만 그 모든 것이 거짓이라면, 나의 복수에도 자신이 없어질지 모른다. 두 번째, 상희 대리가 진짜 복수에 성공했을 수 있다. 다만 누군가 자신의 정체를 알아볼까 봐 의사라는 가면을 썼을 것이다. 마지막, 상희 대리와 레몬이 완전히 다른 사람일 수 있다. 상희 대리는 다른 곳에서 공돈이 생겼고, 세상 어딘가에 존재할 레몬은 정말 복수에 성공했을 수도 있다. 솔직히 내가 믿고 싶은 쪽은 두 번째였다. 상희 대리가 진짜 복수에 성공했지만 의사라는 가면을 쓴 쪽. 그렇다면 내 눈앞에 복수에 성공하고 천만 원의 상금도 챙긴 이가 아무렇지 않게 탕수육을 먹고 있는 것이다. 이 생생한 실재감이라니. 나도 모르게 쿡, 하고 웃었다. 모두들 일제히 나를 쳐다봤다. 상희 대리가 왜 그러느냐고 물었고, 나는 정색하면서 사레가 들었다고 말했다.

점심을 먹고 났을 때, 뜻밖의 일이 또 생겼다. 해용 씨가 일주일간 휴가를 내겠다고 한 것이다. 대형 포털 사이트의 사연 게시판 때문에 우리 팀에 사실상 비상이 걸린 것이나 다름없는데, 이 시기에 휴가를 낸다는 것은 영원히 회사를 떠날 각오를 하고 있다는 것이기도 했다. 팀장은 해용 씨의 휴가를 허락하지 않으려고 했지만 그는 강경했다. 집안에 일이 있어서 꼭 휴가를 내야 한다고 버텼다. 나는 실랑이를 지켜보면서, 해용 씨가 혹시 버프가 아닐까 하는 의구심이 다시 들었다. 어쩌면 상희 대리 때문에 생겨난 의심의 연쇄반응일 수 있었다. 그렇지만 왜 하필 이번 주에 '집안일'이 있을까. 결국 팀장은 갔다 오면 책상 없어질 각오를 하라고 벌컥 화를 내면서 해용 씨의 휴가를 받아줬다. 해용 씨는 비장한 표정으로 팀장에게 인사를 한 다음, 짐을 챙겨 들고 사무실을 나갔다. 때문에 해용 씨를 붙잡고 뜬금없이 혹시 버프 아니냐고 물어볼 엄두가 나지 않았다.

한 주 내내, 팀 분위기는 뒤숭숭했다. 회사 내에서는 우리 팀이 해체될 거라는 소문마저 돌았다. 사장 성격에 팀이 해체되면, 팀원들은 모두 해고될 게 뻔했다. 불안한 마음에 팀장에게 진짜 팀이 해체되는 거냐고 물었지만, 누가 그따위 소리를 하고 다니냐는 짜증 섞인 답변이 되돌아왔다. 하지만 팀장의 과민한 반응에 불안감은 더욱 커졌다. 한 주 내내 일이 손에 잡히지 않은 건 당연했다. 괜히 고용보험 사이트만 들락거렸다.

가뜩이나 회사 사정 때문에 바짝 신경이 곤두서 있는데, 금요일, 놈에게서 또 한 장의 사진이 날아들었다. 내 눈앞에서 지웠던 사진들 중 하나였다. 벌거벗고 있는 비참한 고등학교 시절의 나. 보나 마나 놈은 이 사진들을 이미 다른 데 복사해두고, 내 앞에서는 보란 듯이 지우는 척 쇼를 한 것이었다. 나는 내 머리를 힘껏 한 대 쳤다. 놈을 믿다니. 놈의 비열함을 잊어버린 나의 뇌가 잘못이라면 잘못이었다.

사진에 이어 문자 하나가 날아들었다. '내 컴퓨터에도 이게 저장돼 있었네. 지워야겠지? 그런데 물건 하나만 더 사주면 안 될까? 카탈로그 다시 한번 봐봐. 다음 주에 연락해라.' 그럼 그렇지. 놈이 내 누드나 같이 감상하자고 사진을 보냈을 리가 없다. 아마도 놈은 계속해서 이 사진으로 내게 물건을 팔아먹을 속셈이 틀림없었다. 일단 아무런 답변도 하지 않았다. 오늘 채팅으로 이야기를 나눠보고 결정해도 늦지 않을 터였다. 이런 일도 세 번째 반복되니 오히려 침착해진다는 게 신기했다.

저녁이 되자, 앙칼의 초대를 기다렸다. 버프의 후기도

궁금했지만 드디어 내 이야기를 한다고 생각하니, 괜히 입술이 말랐다. 앙칼은 8시 정각에 나를 단톡방으로 불렀다. 곧바로 들어가자 레몬과 버프는 이미 들어와 있었다. 앙칼이 안부를 물어왔다.

"지난 한 주 잘 지냈나요?"

"네. 그럭저럭요."

차마 잘 지냈다는 말은 하지 못했다. 사실은 아주 별로인 한 주라고 하는 게 맞았다.

"저는 별로였어요. 요즘 제 주변 분위기가 안 좋네요."

레몬도 시무룩하게 인사를 건넸다. 레몬이 상희 대리라면 주변 분위기가 좋지 않을 만도 했다. 내 주변 분위기와 별다를 바가 없을 테니. 그러고 보니 언젠가부터 나는 자꾸만 레몬과 상희 대리를 겹쳐 보고 있는 것 같았다.

"다들 썩 좋은 한 주를 보내지는 못한 모양이네요. 버프님은 어떠세요? 약혼자와의 일은 어떻게 됐나요?"

"하…… 저번에 세 분이 말씀해주신 대로 했습니다."

"정말요? 어떻게 됐어요? 너무 듣고 싶어요."

레몬이 수다스럽게 궁금함을 드러냈다. 나는 레몬이 버프의 고통을 흔한 치정극쯤으로 생각하는 게 아닐까, 하는 인상을 받았다. 그렇다면 버프로서는 불쾌할지도 모른다. 버프가 기분이 상해서 입을 다물어버리지는 않을까 걱정도 됐다. 하지만 그는 레몬의 말에 아랑곳하지 않고 자기 이야기를 꺼냈다.

"우선 레몬님 조언대로 주말 동안 약혼자 몰래 CCTV를 집 안에 설치했습니다. 제가 없는 동안 집 안에서 벌어지는 일을 살펴보기 위해서였습니다. 그리고 이번 주 월요일에 회사에 휴가를 냈습니다. 그리고 그날 시간이 가능한 대학 동기들을 모조리 불러 모았습니다. 그 새끼를 매장시키려면 그 방법이 제일 좋으니까요. 대학 동기들에게는 결혼을 앞두고 약혼자를 위한 이벤트를 하는데, 사람이 필요하다는 핑계를 댔습니다. 월요일이지만 아홉 명쯤 시간을 내주겠다고 했습니다. 저는 그 친구들에게 깜짝 이벤트니까 철저하게 우리들만 아는 비밀로 해달라고 했습니다. 물론 그 새끼 귀에 이 소식이 들어가지 않게 하기 위해 입단속을 한 것이었습니다."

가만, 월요일에는 해용 씨도 휴가를 냈었다. 뭔가 버프와 해용 씨의 일이 시기적으로 이가 딱딱 맞는 느낌이었다.

"약혼자에게는 출장을 가게 됐다고 거짓말을 했습니다. 실제로는 제가 사는 아파트 근처에 숨어서 스마트폰으로 전송되는 집 안의 CCTV 영상을 지켜봤습니다. 하…… 오래 지켜볼 것도 없었습니다. 약혼자는 그날 점심때쯤 곧바로 그 새끼를 불러들이더군요. 둘은 껴안고 입을 맞추더니, 이내 옷을 벗고 욕실로 들어갔습니다. 솔직히 그 장면을 목격하기 전까지만 해도 제가 복수를 할 수 있을까 걱정했습니다. 하지만 실제로 제 약혼자가 그 새끼와 함께 있는 걸 보니 정말이지 다른 생각은 들지 않더군요. 너무나 화가 났고, 당연히 둘에게 복수를 해야겠다는 생각만 들었습니다."

"맞아요. 당연히 복수해야죠. 지금까지 참은 게 이상한 거예요."

레몬이 맞장구를 쳤다. 결혼과 관련된 문제라 그런지 기혼자인 레몬이 적극적으로 반응을 보이는 듯했다.

"저는 그 즉시 집으로 들어갔습니다. 도어락 비밀번호를 누를 때, 두 사람이 알아챌까 봐 긴장했지만 막상 문을 열고 들어가니 욕실에서 물소리만 들렸습니다. 안에서 무슨 짓을 하는지 약혼자가 깔깔대는 소리도 들렸고…… 그다음에는 쉬웠습니다. 화장실 걸쇠를 걸어서 문을 잠가버리고, 미리 준비해둔 굄목을 문틈에 끼웠습니다. 힘으로는 절대 열지 못하게 하기 위해서였습니다. 주말 내내 머릿속으로 수없이 시뮬레이션을 한 터라 생각보다 빨리 그 일을 해치울 수 있었습니다. 그렇게 두 사람을 욕실에 가두는 데 성공했습니다."

"그다음에는요? 친구분들이 왔나요?"

앙칼이 보채듯이 물었다.

"네. 저는 진짜 이벤트라도 하는 것처럼 풍선으로 방을 꾸몄습니다. 그사이에 욕실 쪽에서 쿵쿵 소리가 나더니 이상하다, 문이 안 열린다, 라고 말하는 그 새끼의 목소리가 들렸습니다. 그러자 약혼자가 그럴 리가 없다며 다시 한번 문을 열어보라고 했습니다. 이번에는 좀 더 세게 쿵쿵 소리가 났습니다. 하지만 열릴 리가 있겠습니까. 그제야 다급했는지 쿵쿵쿵쿵, 하는 소리가 반복해서 들려왔습니다. 밖에 혹시 누가 있어요? 하고 묻는 약혼자의 목소리가 들렸지만 저는 상관하지 않았습니다. 친구들이 도착할 때까지 기다려야 했으니까요. 거실에 우두커니 서 있는데, 어디선가 핸드폰 진동 소리가 들려왔습니다. 보니까, 그 새끼가 벗어놓은 바지에서 울리고 있었습니다. 저는 주머니에서 핸드폰을 꺼냈습니다. 하…… 전 여자친구의 이름이 보이더군요."

"세상에…… 희한하네요. 희한해."

레몬은 여전히 드라마를 보는 시청자처럼 말했다. 그러자 다시 앙칼이 보챘다.

"그래서 어떻게 했어요?"

"왜 그랬는지 모르겠는데 전화를 받았습니다. 전 여자친구는 한 번에 제 목소리를 알아듣지는 못했습니다. 서로 연락하지 않은 지 오래됐으니. 막상 전 여자친구의 목소리를 들으니까 이상하게 떨렸습니다."

"어떡해! 그래서 전 여친을 불렀나요?"

레몬은 이제 완전히 몰입하고 있었다.

"네. 불렀습니다. 저라는 걸 먼저 밝히고, 그 새끼의 전화를 제가 받게 된 이유를 설명했습니다. 처음에는 믿지 못하는 눈치였습니다. 무슨 소리냐고 되묻더군요. 그 새끼는 오늘부터 일주일간 제주도에 출장 간다고 했다는 겁니다. 일주일이라…… 딱 제가 출장 간다고 한 기간과 겹쳤습니다. 둘이 일주일 내내 붙어먹을 작정이었던 거였습니다."

버프의 말이 조금 거칠어졌다. 아마도 혼자 화를 내면서 키보드를 두들기고 있을지도 몰랐다.

"때마침 욕실에서 약혼자가 제 이름을 부르면서 문을 열어달라고 했습니다. 제가 통화하는 목소리를 들은 것 같더군요. 저는 통화 중이니 조용히 있어달라고 했습니다. 조금 있으면 열어주겠다고요. 그러자 그 새끼가 갑자기 저에게 욕을 퍼부었습니다. 지금 열어주지 않으면 죽여버리겠다고 소리를 질러댔습니다. 덕분에 그 새끼의 목소리가 전 여자친구 귀에 들어가게 됐습니다. 제가 따로 뭘 증명할 필요가 없었습니다. 전 여자친구는 거기가 어디냐고 물었고, 저는 제 아파트 위치를 말해주었습니다."

"생각지도 않게 일이 커졌네요?"

앙칼이 물었다.

"사실 제가 일을 더 키웠습니다. 저희 아버지까지 불렀으니까요."

"정말요? 대박!"

이번에는 나도 모르게 메시지가 튀어나왔다. 아차, 싶었지만, 이미 채팅창으로 튀어 나간 문자들을 거둬들일 방법은 없었다.

"아버지는 왜 부른 건가요?"

앙칼이 물었다.

"아버지께 알려드리고 싶었습니다. 당신 뜻대로 되지 않는 일도 있다는 걸요. 또 당신 뜻대로 하는 게 오히려 저를 더 힘들게 할 수도 있다는 것도 보여드리고 싶었고."

"잘하셨어요. 맞아요. 버프님의 아버지도 꼭 아셔야 해요."

앙칼의 공감에 버프는 고맙다고 인사를 하고 계속해서 말을 이어갔다.

"사람들이 오기 전까지, 약혼자가 계속해서 문을 열어달라고 부탁했습니다. 욕을 퍼붓던 그 새끼도 애원하더군요. 하지만 저는 아무 대꾸도 하지 않았습니다. 한 30분쯤 지나자 잠잠해졌습니다. 그리고 친구들이 도착하기 시작했습니다. 모두들 싱글벙글하며 자기들이 어떻게 하면 되느냐고 물었습니다. 그중에서는 핸드폰을 꺼내 이 장면을 기록으로 남겨야 한다고 하더군요. 내버려뒀습니다. 저는 친구들을 화장실 앞으로 불러 모았습니다. 다들 의아해했습니다. 이벤트를 왜 화장실에서 하느냐고요. 저는 말없이 화장실 걸쇠를 벗기고, 괨대를 치웠습니다. 문을 열려고 했지만, 열리지 않았습니다. 그새 안에서 잠근 것 같았습니다. 나는 화장실 앞에서 소리쳤습니다. 지금이 나올 수 있는 마지막 기회라고. 친구들은 제게 무슨 일이냐고 묻고, 저는 계속해서 침묵을 지켰습니다. 화장실 안에서도 아무런 소리가 들리지 않았습니다. 마치 아무도 없는 것 같았습니다. 그래서 제가 이야기했습니다. 나오지 않으면, 여벌 열쇠로 문을 열겠다고 했습니다. 그러자 인기척이 나더니, 그 새끼가 수건으로 아랫도리만 가린 채 밖으로 나왔습니다. 친구들은 모두 놀라서 입이 벌어졌습니다. 친구 중 한 명이 네가 왜 화장실에서 나오느냐고 물었지만, 그 새끼는 아무 말도 없이 친구들을 제치고 옷을 입으러 갔습니다. 그리고 열린 문틈으로 역시 수건으로 가슴만 가린 약혼자가 욕조에 쭈그리고 앉아 있는 게 보였습니다. 그제야 친구들은 이 상황을 짐작했습니다. 친구의 약혼자와 불륜을 저지른 그 새끼에게 한마디씩 욕을 하더군요.

그때, 전 여자친구가 도착했습니다. 제 눈에는 여전히 예뻤습니다. 이상하게 눈물이 맺히더군요. 전 여자친구는 나를 잠깐 본 후에 화장실과 거실을 돌아봤습니다. 수건으로 몸을 가리고 욕조에 앉아 있는 약혼자와 이제 겨우 바지만 입은 그 새끼를 봤을 겁니다."

당연히 그 모습을 지켜본 사람들은 모두 충격을 받았겠지만, 상상을 해보면 해괴한 장면 같았다. 바람피운 남녀의 알몸을 모든 친구들이 지켜보고 있는 광경이라니.

"잠시 정적이 흘렀습니다. 그 새끼는 전 여자친구 앞으로 오더니 무릎을 꿇었습니다. 전 여자친구는 외면했고요. 그때 아버지가 문을 열고 들어왔습니다. 뜻밖에 사람이 많아서인지, 놀란 얼굴로 주위를 살피셨습니다. 친구들은 그 와중에 아버지를 보자 인사를 했습니다. 그러자 아버지가 왔다는 걸 눈치챈 약혼자가 비명을 지르면서 재빨리 화장실 문을 닫았습니다. 아버지는 어리둥절한 얼굴로 저를 보시더니 이게 무슨 일이냐고 물었습니다. 당연히 이상했을 겁니다. 하…… 며느리가 될 여자는 화장실에서 비명을 지르고 있지, 친구들은 가득 모여 있는데 바지만 입은 그 새끼가 전 여자친구 앞에서 무릎을 꿇고 앉아 있었으니까요."

"슬픈 일인데, 왜 이렇게 코미디 같을까요?"

레몬이 말했다. 나도 그런 생각이 들기는 했지만, 눈치 없는 레몬을 말릴 필요가 있었다. 이제 막 이야기가 재미있어지려는데, 버프가 화가 나서 채팅창을 나가기라도 하면 답답할 것 같았다.

"찰리 채플린이 말했어요. 인생은 가까이서 보면 비극이고 멀리서 보면 희극이라고요. 레몬님은 당사자가 아니니까 코미디 같겠죠."

"그래서 그런가……."

나름대로 머리를 굴려서 주의를 준 건데, 레몬은 눈치채지 못한 것 같았다. 그렇지 않고서야 저렇게 순진한 반응이 나올 수는 없었다. 다행히 레몬의 반응과 상관없이 버프는 계속해서 말을 이어갔다.

"저는 아버지에게 약혼자와 그 새끼의 관계를 간략하게 설명했습니다. 제 말을 듣던 아버지는 대체 이게 무슨 일이냐고 소리쳤습니다. 어떻게 했길래 사람들을 모아놓고 집안 망신을 시키느냐고 저를 다그치기도 했습니다. 솔직히 저는 아버지의 저런 모습을 무서워했습니다. 아버지는 저와 관계된 일이면 언제나 저를 먼저 몰아세웠으니까요. 물론 저는 이런 반응을 미리 예상하고 준비해둔 변명을 했습니다. 오늘 아버지를 모시고 약혼자에게 프러포즈

이벤트를 준비했다가 두 사람이 이러고 있는 걸 목격하게 됐다고 둘러댔습니다. 아버지는 거실에 매달려 있는 풍선과 친구들을 보고, 제 말을 믿어주는 눈치였습니다. 더 이상 아무런 말씀 없이 한숨을 내쉬었습니다. 내 말을 믿는 건 친구들도 마찬가지였습니다. 모두 제가 안됐다는 듯 쳐다보더군요. 그때 전 여자친구가 저를 보고 말했습니다. 이 모든 사실을 알려줘서 고맙고, 이렇게 소란을 피우게 되어서 미안하다고요. 너무나 침착한 목소리로 말했습니다."

"세상에 엄청나게 충격받았을 텐데, 멘탈이 강한 분이네요."

앙칼이 감탄했다. 내 생각도 그랬다.

"맞습니다. 그래서 제가 좋아했었습니다. 저는 남자고 장교로 군대를 갔다 왔지만 마음은 약한 편인데, 전 여자친구는 뭔가 단단한 데가 있었으니까요. 문득 눈앞에 있는 그녀가 그리웠습니다. 그사이 그 새끼가 웃옷을 입고 전 여자친구의 어깨를 붙잡았습니다. 나가서 이야기하자고요. 그러자 전 여자친구는 그 새끼의 뺨을 힘껏 때렸습니다. 그리고 그 새끼를 보면서 결혼 약속은 없었던 걸로 하겠다고 분명하게 말했습니다. 그리고 저의 아버지에게 인사를 한 다음, 밖으로 나갔습니다. 그 새끼도 허겁지겁 따라 나가려고 했습니다. 저는 그 새끼를 붙잡고 힘껏 주

먹을 날려줬습니다. 그 새끼가 얼굴을 감싸 쥐고 주저앉았을 때, 저는 고소할 거면 하라고 소리 질렀습니다. 제 자신도 놀랄 정도로 큰 소리가 터져 나왔습니다. 그동안 꾹꾹 눌러 참았던 모든 것이 폭발한 느낌이었습니다. 모두 놀란 눈으로 저를 쳐다봤습니다. 아버지가 참으라고 제 팔을 붙잡았습니다. 저는 뿌리쳤습니다. 뜻밖에 너무나도 손쉽게 아버지의 손이 밀쳐지더군요. 순간 아버지의 당황한 표정이 보였습니다. 그때 깨달았습니다. 더 이상 아버지는 제게 커다란 어른이 아니라는 것을요. 누군가는 그런 순간이 오면 아버지가 안쓰럽게 느껴진다고 말하던데 저는 그렇지 않았습니다. 오히려 저를 옥죄고 있던 족쇄를 풀어버린 느낌이었습니다. 아버지도 그걸 깨달았는지 더 이상 저를 제지하지 않았습니다. 그 새끼는 그제야 제게 미안하다고 사과를 했습니다. 제 약혼자를 사랑했던 건 아니고 그저 둘이 즐기는 사이였을 뿐이라고 했습니다. 제 약혼자는 저를 사랑하고 있다고 말하더군요. 물론 이젠 아무런 의미가 없는 말이었습니다. 그 새끼는 전 여자친구를 쫓아 허겁지겁 나갔습니다. 이번에는 잡지 않았습니다."

"욕실에 들어갔던 약혼자는 어떻게 됐어요?"

레몬이 물었다. 나도 궁금하던 차였다. 어떤 의미에서

보면 이 드라마에서 가장 중요한 인물 중 하나였다.

"친구들과 아버지까지 돌아가고 난 다음에 화장실에서 나왔습니다. 아마 나갈 타이밍을 보고 있었던 것 같았습니다. 표정을 보니 하얗게 질려 있더군요. 약혼자도 그 새끼처럼 무릎을 꿇고 빌었습니다. 저는 파혼하자고 했습니다. 화가 나서 그랬던 게 아니었습니다."

"그럼요?"

앙칼이 물었다.

"참…… 이상하게 더 이상 그녀에게 아무런 감정이 느껴지지 않아서였습니다. 아무튼 약혼자는 짐을 싸서 집을 나갔습니다. 그런데 며칠 후에 약혼자에게서 연락이 왔어요. 만나자고 하더군요."

"그래서 만났어요?"

"네, 앙칼님. 하지만 미련 때문은 아니고 한 번은 만나야 할 것 같았습니다. 조용한 동네 카페에서 만났는데, 약혼자가, 아니 이제는 전 약혼자라고 해야겠습니다. 본인이 바람을 피운 건 잘못했지만, 저도 충분히 모욕을 줬으니 이번 일은 퉁치자고 하더군요. 그리고 다시 시작하자고 했습니다."

"정말요? 무슨 낯짝으로요? 너무 뻔뻔하네요."

레몬이 흥분했다.

"레몬님은 이해가 안 가실 수도 있지만, 전 뻔뻔하다는 생각조차 들지 않았습니다. 참 이상했습니다. 일주일 전까지만 해도 그 여자 때문에 사는 게 사는 것 같지가 않았는데, 다시 시작하자는 말에도 아무런 감정이 생기지 않았습니다. 오히려 내가 왜 이 자리에 있나 하는 생각마저 들었습니다. 문득 집에 가서 고양이 밥 줘야 한다는 게 떠오르더군요. 그 난리가 난 후에 좀 외로워서 고양이를 한 마리 입양했습니다."

"ㅋㅋㅋ 고양이래."

앙칼이 밥 달라고 조르는 고양이 이모티콘을 보냈다. 버프는 여전히 심각한 것 같은데, 앙칼마저 드라마 관람모드를 숨기지 않았다.

"저는 그럴 마음이 없다고 말하고 일어섰습니다. 정말 고양이가 걱정됐거든요. 그때 약혼자가 물었습니다. 자기를 사랑하지 않느냐고요. 저는 사랑하지 않는다고 했습니다. 다른 사람을 좋아하게 됐다고도 말했습니다."

"헐, 설마? 전 여자친구?"

레몬이 이모티콘으로 깜짝 놀란 표정을 지었다.

"네. 맞습니다."

나 역시 놀란 표정의 이모티콘을 눌렀다.

"그래서요? 전 여자친구분한테 연락은 했어요?"

"네. 어제요. 용기 내서 만나자고 했습니다. 이번에는 아버지에게 이겨 보이겠다고 했습니다."

"정말요? 멋지다! 그랬더니요?"

앙칼이 물었다.

"전 여자친구는 잠깐 생각해보더니, 어쨌든 자기가 신세 진 게 있으니 한 번은 보자고 하더군요."

앙칼이 폭죽이 터지는 모양의 이모티콘을 띄웠다.

"역시 똥차 가면 벤츠 온다더니. 딱 그 말이 맞네요."

"아직은요. 만나봐야 압니다."

"그래도요. 잘됐으면 좋겠어요. 역시 제 말이 맞죠? 뭔가를 해야 삶을 바꿀 수 있다니까요."

"네. 앙칼님. 어쨌거나 바뀌긴 했네요."

"이건 좀 다른 얘기일 수도 있는데, 버프님이 복수를 성공하신 거잖아요. 혹시 아까 말씀하신 그 상황을 담은 증거 영상이나 사진 뭐 녹음 파일이라도 있나요?"

나는 솔직히 버프가 복수를 성공했다는 사실을 확인하기보다 버프의 거실에서 벌어졌을 난장판을 보고 싶다는 생각이 더 컸다. 레몬과 앙칼도 나와 같은 생각이었는지, 보고 싶다고 맞장구를 쳤다.

"세 분께는 죄송하지만 증거가 될 만한 건 없습니다."

"아까 CCTV가 있었다고 하셨는데?"

내가 다그치듯 물었다.

"CCTV가 있었고 영상도 있었지만, 너무 많은 사람들이 거기 있어서요. 그분들을 보호해드리고 싶습니다. 무엇보다 전 약혼자와 그 새끼의 민망한 모습들도 있고요. 그런 게 혹시라도 여기서 유출이 될 수 있으니까요."

"우리를 못 믿으시는군요."

레몬이 서운한 듯 말했다. 하지만 버프는 흔들리지 않았다.

"죄송합니다."

앙칼이 버프를 감쌌다.

"우린 처음에 동의한 모임의 규칙이 있잖아요. 우리는 누가 누구인지 궁금해할 수는 있어도 밝혀달라고 요구할 권리는 없어요."

그렇긴 하다. 그럼에도 아쉬웠다. 버프가 말한 그 광경을 보고 싶기도 했고, 또 버프가 해용 씨인지 확인하고 싶기도 했다.

"어쨌거나 버프님의 사연은 이제 해결된 것 같네요."

레몬이 박수를 치는 이모티콘을 띄웠다. 하지만 나는 다시 긴장했다. 버프의 사연이 정리됐으니 다음은 내 차례다.

"그럼 부끄부끄님의 이야기를 해보죠."

앙칼이 나의 복수 계획으로 화제를 돌렸다.

"부끄부끄님의 사연을 읽으면서 정말 화가 났어요. 그래서 빨리 이야기하고 싶어요. 그런 인간은 매장시켜버려야 해요."

레몬이 다짜고짜 화를 냈다. 나로서는 그 화가 고마웠다. 단 몇 초 만에 마음이 약간 노곤해진 느낌이었다.

"그런데, 그 친구와 가구 배달을 가고 난 후에 아무 일도 없었나요? 사연을 올리고 나서 시간이 꽤 지났잖아요. 무슨 일이 있었을 것 같아요."

앙칼이 물었다. 당연히 많은 일이 있었다. 그리고 그런 일들을 떠올리자 내가 당한 걸 누구에겐가 털어놓고 싶다는 마음이 맹렬하게 일었다. 내 사연을 처음 게시판에 올렸던 그때처럼 말이다. 그래서 나는 내가 놈에게 진상 짓을 하다가 오히려 책잡힌 일이며, 놈이 나의 고등학교 시절 사진으로 계속해서 협박했던 일을 털어놓았다.

"있잖아요. 저는 부끄부끄님이 너무 답답한데요?"

"왜요? 앙칼님?"

"왜 당하고만 있어요? 이제 고등학생도 아니잖아요."

"그놈이 내 고등학교 사진을 가지고 있으니까……."

앙칼이 내 말을 가로챘다.

"아직 그 사진이 어디에 퍼진 것도 아니라면서요?"

"네. 그런 것 같아요."

"그럼 그 전에 그놈을 잡아서 사진이 못 퍼지게 막는 게 우선 아닌가요? 사진을 그놈이 가지고 있다고 해서 영원히 호구처럼 살 건가요?"

호구라는 말에 살짝 빈정이 상했다. 하지만 그건 내가 호구가 아니라서 빈정이 상한 게 아니라 진짜 호구라는 걸 지적해줘서 빈정이 상한 것이었다. 때문에 딱히 반박할 말이 없었다.

"그건 아니죠. 그래서 이 모임에 온 거고……."

"제가 부끄부끄님께 솔직하게 말씀드려도 될까요?"

버프에게 그랬듯, 앙칼은 날카롭게 사람의 마음을 찌르는 구석이 있다. 이번에도 마찬가지일 것이다. 조금 걱정이 됐지만, 말하지 말라고 하기에는 내가 너무 옹졸해 보였다.

"네. 말씀하세요."

"부끄부끄님은 왜 가구 배달을 하러 가셨나요?"

"뭐…… 그게 가장 원만한 해결책이라고 생각했었던 거죠."

"제가 볼 때 부끄부끄님은 그게 문제 같아요."

"무슨 뜻인가요?"

"원만한 해결요. 부끄부끄님이 말하는 원만한 해결이란, 누구도 상처받지 않는 해결이에요. 그놈도 부끄부끄님도요. 그중에서도 가장 상처받지 않으려는 사람은 부끄부끄님이고요. 사진이 퍼지는 게 두렵다는 건 부끄부끄님이 상처받기 싫다는 거잖아요."

"그렇긴…… 하죠."

"하지만 고통을 감수하지 않으면 고통에서 벗어날 수 없어요. 부끄부끄님은 예전의 버프님과 비슷한 데가 있어요. 버프님도 약혼자와 헤어질 고통을 감당할 자신이 없어서 괴로워하셨죠. 버프님도 원만한 해결을 위해 약혼자에게 슬쩍 눈치를 주기도 했고요. 하지만 '원만한 해결'로는 아무것도 해결되지 않았잖아요. 결국은 말이에요. 고통을 감당해야 해요. 안 그럼 이 고통이 영원히 이어질 거예요. 설사 그놈이 죽는다 해도 이 기억은 계속해서 남겠죠. 지금까지도 고등학교 시절을 잊지 못했던 것처럼요."

"그…… 고통을 감당하는 건 사진이 퍼지는 걸 각오하라는 뜻인가요?"

"네. 말하자면 그런 거죠."

앙칼이 단호하게 말했다. 그런데 그 말과 동시에 비로소 내가 중대한 결정의 기로에 섰다는 걸 깨달았다. 지난주에 앙칼이 버프에게 뭔가를 해야 한다고 말했을 때, 그가 주저했던 이유를 알 것 같았다. 앙칼의 말들이 날카롭게 느껴진 것도 그래서일 것이다. 채팅창에서는 침묵이 흘렀다. 그러나 사실 답은 이미 나와 있었다. 다만 나는 그 답을 유예하고 싶었을 뿐이다. 솔직히 앙칼의 말이 맞다.

"그럼 제가 그 고통을 감내하겠다고 한다면…… 어떻게 해야 복수를 할 수 있을까요?"

"먼저 생각을 전환하실 각오가 되었는지 묻고 싶네요."

앙칼은 내 정확한 입장을 요구했다. 그러나 곧바로 대답하지 못했다. 어차피 얼굴을 볼 것도 아니라서 대충 얼버무려도 될 텐데, 왜 이 간단한 대답을 하지 못하고 주저하고 있는지……. 어쩌면 앙칼의 물음은 내가 오래전부터 내 스스로에게 물어왔던 게 아니었을까. 아무래도 이제는 답을 내려야 할 때인 것 같았다. 지켜보는 사람이 아무도 없음에도 나는 이를 악물었다.

"생각을 바꿀 겁니다."

말을 뱉고 보니 뭔가 한 것도 없는데 이상하게 속이 후련했다.

"좋아요. 그럼 이제 본격적으로 부끄부끄님의 복수에 대해 이야기해봐요. 다들 생각해 온 게 있나요?"

"제 생각에는 말입니다."

버프가 기다렸다는 듯이 말했다.

"오! 버프님이 웬일로 아이디어를 다 내시네요."

레몬이 말했다.

"네. 그동안 대화에 제대로 참여하지 않아서 죄송했습니다. 특히 부끄부끄님 아이디어가 많은 도움이 되어서, 저도 좀 보탬이 되려고 생각을 해봤습니다. 여하튼 제가 CCTV를 설치하고 보니 다른 곳에 가도 CCTV가 눈에 띄더군요. 우리 주위에 CCTV가 이렇게나 많았나 싶었습니다. 아마 그 친구가 일하는 가구 매장에도 CCTV가 있을 겁니다."

복수를 하자는데 CCTV 얘기라니. 생뚱맞기는 해도 궁금했다.

"그래서요?"

"아까 앙칼님이 생각을 전환하라고 하셨는데, 발상을 전환해서 차라리 매장에 가서 진상 짓을 하다가 그놈에게 폭언을 듣거나 맞는 게 어떨까 합니다. 그럼 자연스럽게 CCTV에 녹화될 거고, 그걸 확보해서 인터넷이나 방송에 퍼뜨린다면, 그 친구의 가게를 끝장낼 수도 있을 것 같습니다. 요즘 보면 갑질하는 장면이 녹화돼서 망신당하는 사례가 워낙 많지 않습니까."

괜찮은 아이디어였다. 오히려 당하라니. 언제나 나도 똑같이 가해할 생각만 했지, 당할 생각은 미처 해본 적이 없었다.

"저도 버프님 의견이 좋은 것 같아요. 중요한 건 증거

확보예요. 사실 버프님도 증거를 확보해서 약혼자의 꼬리를 잡은 거잖아요."

레몬도 버프의 의견에 동조했다. 둘의 의견을 종합해보면, 당하고 나서 증거를 확보하는 게 중요하다는 것이다. 따지고 보면, 고등학교 때 내가 그렇게 당하고도 나중에 고소할 생각조차 하지 못했던 건 증거가 없어서가 아니었던가.

"저도 버프님과 레몬님 의견이 좋은 것 같아요. 고등학생의 폭력과 성인의 폭력은 차원이 다르죠. 성인이 폭력을 행사하면 무조건 형사사건이 되죠. 특히나 일방적으로 당한다면 오히려 유리해져요. 맞는 사람이 갑이죠."

앙칼의 마지막 말이 와닿았다. 당한 증거를 모아서 터뜨릴 용기만 있다면, 놈에게 그동안 당했던 걸 되갚아줄 기회가 생길 것도 같았다.

"세 분 말씀을 듣고 보니, 놈에게 되갚아줄 길이 생길 것도 같네요. 버프님 말씀은 놈에게 당한 증거가 없으면, 증거를 만들라는 뜻 같아요. 증거가 많으면 많을수록 놈은 더 큰 처벌을 받게 되겠죠?"

"아마 그럴 겁니다. 상습 폭행이 단순 폭행보다는 더 처벌이 무거울 겁니다."

"다들 감사합니다, 정말. 증거를 많이 모으려면 시간이 좀 걸리겠지만, 저도 레몬님이나 버프님 같은 후기를 갖고 올 수 있을 것 같네요."

"부끄부끄님은 훌륭하게 성공할 수 있을 거예요."

앙칼이 나를 치켜세웠다.

"그런 놈은 꼭 처벌을 받아야 해요. 반드시 성공하셔야 해요."

레몬이 엄지를 치켜올리는 이모티콘을 보내주었다.

"그런데 우리 호흡이 잘 맞는 것 같지 않나요? 매주 그럴 듯한 계획이 나오는 걸 보면."

레몬이 말하자, 앙칼 역시 엄지를 치켜올리는 이모티콘을 띄웠다.

"맞는 말씀."

처음으로 버프도 반응이라는 걸 했다. 복수 후에 사람이 달라진 것 같았다. 나 역시 묘하게 한 팀이라는 느낌을 받았다.

"혹시 부끄부끄님께 더 해주실 말씀 없나요?"

앙칼이 물었다. 채팅창에 잠깐 침묵이 흘렀다.

"그럼 오늘은 여기서 끝내기로 하죠."

앙칼이 정리했다.

"네. 다들 고마웠습니다."

버프가 인사를 하고 나갔고, 레몬은 손을 흔드는 이모

티콘을 남긴 채 채팅창을 나갔다. 단톡방에 나와 앙칼 이렇게 단둘이 남게 되었다.

"아무리 증거를 모으기 위한 차원이라고 해도 당하는 일은 힘드실 거예요. 그만큼 복수를 할 때의 즐거움은 크겠죠? ^^"

앙칼은 내 대답을 기다리지도 않고 채팅창을 떠났다. 나 역시 곧바로 단톡방을 나갈 수밖에 없었는데, 앙칼이 남긴 단순한 웃음의 이모티콘이 눈에 잔상처럼 남았다. 문득 앙칼이 어떤 사람인지 궁금했다. 그녀는 왜 이다지도 복수를 '즐거워'하는 걸까?

분노의 필요성

놈에게 더 당하기 위해서는 '주도적'으로 당해야 한다. 그러니까 더 용기가 필요한 일이기도 했다. 지금까지 살아오면서, 나는 주도적이었던 적이 거의 없었다. 어려서는 부모님이 시키는 대로 학교를 갔고, 이 회사에 취업을 한 것도 대학을 졸업하자마자 여기가 가장 먼저 나를 정규직으로 받아줬기 때문이다. 거기에 더해 고등학교 시절에는 놈을 비롯한 모기 일당에게 당했고, 회사에 취직해서는 사장에게 당하는 중이다. 시키는 대로 하는 것, 모든 사람들이 걸어가는 길을 걷는 것, 누군가에게 일방적으로 당하는 것에는 용기가 필요하지 않다. 단지 인내심만 있으면 된다.

살면서 딱 한 번 주도적으로 뭔가를 해본 적이 있기는 하다. 바로 놈에게 진상을 부린 것. 그러나 그 사소한 '주도'도 놈에게 되치기를 당한 채 끝나고 말았다. 이제 더 이상 당하고 싶지 않지만, 당하는 게 익숙한 삶을 바꾸는 것도 쉽지 않은 일이었다. 그래서 용기를 내야 한다고 다짐만 하다가 주말을 보냈다.

월요일에는 또 게시판 조회수를 올리기 위한 대책 회의를 했다. 하지만 겨우 한 주가 지났다고 뾰족한 수가 나올 리 없었다. 정작 회의의 주제는 조회수 올리기가 아니라 상희 대리의 퇴직 문제였다. 지난주까지만 해도 아무런 낌새가 없었기 때문에 팀장과 나는 깜짝 놀랐다.

"둘째를 임신했어요. 이제 애가 둘이니까, 입주하시는 이모님 들이기도 버겁고요. 그냥 제가 당분간 애들 키우는 데 전념하기로 했어요."

상희 대리는 홀가분한 표정이었다. 팀이라고 해봐야 팀장과 나, 해용 씨 그리고 상희 대리가 전부다. 그러나 해용 씨는 휴가가 끝났지만 오늘 무단결근 중이라 아마도 퇴사가 예상되었다. 그런 와중에 상희 대리까지 퇴사하게 되면 굳이 사장이 나서지 않아도 팀이 해체되는 건 당연한 수순이었다. 때문에 팀장은 상희 대리를 붙잡을 수밖에 없었다.

"지금 팀이 이런데 관두면 어떡해? 아직 애 낳을 때까지는 시간이 좀 있으니까, 신입 뽑고 일도 좀 가르쳐놓고 나가야지."

상희 대리는 따뜻한 물을 홀짝거리면서 물었다.

"팀장님은 회사가 신입을 뽑을 거라고 생각하세요? 우리 팀에 미래가 있을까요?"

뼈를 때리는 질문이었다. 팀장은 대답 없이 크흠, 헛기침을 한 후에 종이컵을 입에 갖다 대려다가 말했다.

"병진 씨, 이 브랜드 믹스커피 너무 쓴 것 같아. 다음에는 다른 걸로 사."

"네."

나는 팀장의 눈치를 보면서 둥굴레차 티백을 뜯었다. 팀장은 한숨을 푹 쉬었다. 회의실 분위기는 순식간에 축 가라앉았다. 주변 공기가 몇 킬로그램쯤 무거워진 것 같았다. 팀장은 커피를 다 마신 후 종이컵을 구기면서 물었다.

"그럼 짐은 언제 정리할 거야?"

"수요일쯤요."

"알겠어. 그런데 해용 씨는 대체 왜 안 나오는 거야? 정말 관두겠다는 거야 뭐야?"

팀장은 짜증을 내면서 나를 쳐다봤다.

"해용 씨한테 전화 좀 해봐."

"네."

나는 무미건조하게 대답했다. 팀장이나 나나 해용 씨가 돌아오지 않을 거라는 건 이미 예감하고 있었다. 전화를 하는 게 무슨 의미가 있을까 싶지만, 확인이라는 게 필요한 때도 있는 법이다. 팀장은 구겨진 종이컵을 쓰레기통에 집어 던지고 회의실을 나갔다. 동시에 팀장이 주던 중압감이 사라지면서 회의실 분위기는 몇 그램쯤 가벼워졌다. 그러자 상희 대리가 정말 레몬인지 궁금증이 떠올랐다. 그녀가 퇴사하게 되면 딱히 물어볼 길이 없어진다. 나는 슬쩍 말을 돌리듯 물어봤다.

"대리님, 남편하고 사이 안 좋다고 그러지 않았어요?"

"그랬나? 왜 임신해서 의외야?"

"아뇨. 뭐…… 그게 아니라 집안일만 하면 스트레스받으실까 봐."

상희 대리는 싱겁다는 듯 피식 웃었다.

"나갈 때 되니까 병진 씨가 걱정을 다 해주네. 병진 씨 나한테 관심 있었어?"

상희 대리가 짓궂은 얼굴로 물었다. 아무래도 이번 질문은 실패인 것 같다. 너무 돌려 물었다는 생각이 들었다. 그래서 나는 직접적으로 물어보기로 했다.

"혹시 레몬이라는 아이디 쓰세요?"

"글쎄…… 워낙 과일이나 야채 아이디를 많이 써서. 근데 왜?"

"요즘 온라인 모임을 하는데, 레몬이라는 아이디를 쓰는 분이 상희 대리님하고 말투가 비슷한 것 같아서요."

상희 대리는 다시 피식 웃었다.

"레몬이라는 아이디는 흔하니까. 뭐…… 누구나 쓰기 딱 좋지. 이제 일하자."

상희 대리는 일어나서 곧장 회의실을 나갔다. 왠지 나를 외면하는 것 같았다. 그래서 더 캐묻지는 못했다. 온라인 모임의 정체를 굳이 밝히자고 드는 것도 껄끄럽거니와 물어본다고 해도 대답해줄 것 같지 않았다. 다만 레몬이 했다고 믿었던 복수가 진짜가 아닐 수도 있다는 생각에 이상하게 가슴이 답답했다.

자리로 돌아왔지만, 일이 손에 잡히지 않았다. 나는 해용 씨에게 전화를 걸어보았다. 과연 해용 씨가 전화를 받을까 싶었지만, 뜻밖에 신호가 몇 번 가지도 않았는데 해용 씨의 목소리가 들려왔다. 지하철인지 다음 내릴 정거장에 대한 안내방송도 섞여서 들렸다.

"네, 병진 씨. 잘 지냈어요?"

해용 씨의 목소리가 유독 활기차게 느껴졌다. 순간 지난 채팅에서 많이 변한 느낌을 주었던 버프가 떠올랐다. 나는 상희 대리를 바라봤다. 그녀는 아무렇지 않은 듯 일에 열중하고 있었다.

"휴가가 좋았나 보네요. 목소리가 밝아요."

"뭐…… 이런저런 일이 있었지만, 잘 마무리돼서요."

"이런저런 일이라뇨? 안 좋은 일이 있었나 보죠? 혹시 결혼에 문제라도……"

주제넘을 수도 있는 질문이지만, 버프가 해용 씨라는 단서를 얻고 싶은 욕심이 컸다.

"하…… 뭐 대충은 그래요. 회사는 어때요?"

상희 대리도 그렇고, 해용 씨도 그렇고 이상하게 말을 돌렸다.

"회사는 여전히 어수선하죠. 오늘 상희 대리님도 관두신다고 하고."

"정말요? 이제 많이 바쁘시겠네요."

"어째 다른 팀원인 것처럼 이야기하시네요."

"월요일 아침부터 이런 말씀드리기는 뭐하지만, 저도 퇴사하려고요. 그냥 오늘부터 회사에 안 나갈 생각입니다."

"왜요? 대체 휴가 때 무슨 일이 있었던 거예요?"

"휴가 전부터 일은 있었어요. 말씀드리기는 곤란하지만요. 여하튼 회사는 관둘 겁니다. 팀장님께도 그렇게 전해주세요."

"네. 할 수 없죠. 그나저나 부럽네요. 회사 관두면 뭐 하실 거예요?"

"결혼 준비나 할 생각입니다."

"결혼요?"

나도 모르게 목소리가 올라갔다. 그리고 놀라서 주위를 두리번거렸다. 다행히 아무도 쳐다보지는 않았다.

"네. 예전부터 준비해왔으니까요."

이게 뭔가 싶었다. 그렇다면 해용 씨가 버프가 아니란 말인가? 버프는 분명히 약혼자와 헤어지고, 새로운 사람을 만나고 싶다고 했다. 만약 해용 씨가 버프라면 겨우 며칠 사이에 새로운 사람과 결혼 약속까지 했다는 것인데, 말이 되지 않았다.

"해용 씨, 혹시 버프라는 아이디 쓰세요?"

대놓고 물었다. 어차피 오늘이 마지막 통화일지도 모른다. 나는 제발 해용 씨가 버프이기를 바랐다. 그래서 복수극이 내 곁에서 일어난 일이기를 바랐다. 복수의 실재감을 더욱 강하게 느끼고 싶었다. 하필 그때, 해용 씨가 내린 모양인지 지하철 지나가는 소리가 크게 들렸다. 덕분에 해용 씨의 목소리가 그 속에 파묻혀버렸다. 몇 초간의 소음이 끝난 후에야 비로소 해용 씨의 목소리가 들리기 시작했다.

"……여튼 팀장님께 저 관둔다고 전해주시고, 팀원분들에게도 죄송하다고 전해주세요. 짐은 별거 없으니 그냥 버리셔도 됩니다. 저 좀 급해서 이만 끊겠습니다."

나는 다급하게 해용 씨의 이름을 불렀다. 하지만 이미 통화는 끊긴 후였다. 다시 전화를 걸었지만 받지 않았다. 나는 핸드폰을 멍하니 쳐다봤다. 이게 뭔가 싶었다. 단톡방에서 있었던 일과 현실이 맞물리는 것 같으면서도 어긋나기도 했다. 이 이상한 느낌이 나를 더욱 답답하게 했다. 복수는 손으로 만져질 수 있는 무엇이어야 한다는 생각이 불쑥 치밀었다.

퇴근할 때쯤, 놈에게서 문자가 왔다. 'ㅋㅋ 뭐 살지 생각했냐?' 당연하지만, 화가 치밀어 올랐다. 귓등과 볼이 화끈해질 정도였다. 이제 용기를 내야 할 때라는 앙칼의 말을 떠올렸다. 분노는 용기를 내는 데 많은 도움을 준다. 홧김에 역적질도 하는 게 사람이다. 나는 분노를 유지하려고 노력했다. 덜덜 떨리는 손가락으로 답문을 보냈다. '아니. 서랍장도 반품하려고. 저녁에 수거하러 와.'

이제 저질렀다.

그러자 놈이 또 사진으로 협박해올까 슬금슬금 걱정이 일었다. 나는 걱정을 애써 누르고 오로지 복수만 생각했다. 내가 느낄 수 있는 진짜 복수. 아니나 다를까, 놈이 즉각 답장을 보내왔다. '알았어. 그럼 사진은? ㅋ 이따 보자.' 지금까지 온 놈의 문자는 늘 이런 식이었다. 딱히 협박이라고 볼 수는 없지만 충분히 신경을 거슬리게 했다. 놈은 항상 빠져나갈 구멍을 만들어놓고 있는 듯한 느낌이었다. 아마 제법 사회생활을 한 만큼, 고등학교 시절처럼 막가지는 않으려는 것일 테다. 하지만 조심성이란 익숙해지면 사라지는 법이다. 놈이 나를 가해하는 데 더 익숙해지도록 해야 한다. 조심성을 잃어버리고 증거를 아무 데나 흘리고 다닐 때 비로소 놈을 처절하게 응징할 수 있다. 집으로 가는 길에 CCTV와 소형 녹음기를 샀다. 낮에는 인터넷을 검색해서 웃옷 주머니에 꽂을 수 있는 만년필처럼 생긴 초소형 카메라도 하나 주문해뒀다. 이제부터 놈이 내게 하는 모든 행동을 기록할 예정이다.

집에 와서는 CCTV를 설치해놓고 놈이 배달해준 침대 위에 누웠다. 그리고 잊으려고 했던 고등학교 시절을 떠올리며 놈을 기다렸다. 분노를 최대한 유지하면서, 놈에게 기꺼이 당할 용기를 키웠다. 9시쯤 초인종이 울렸다. 인터폰 너머로 놈이 보였다. 서랍장은 수거해 갈 생각조차 없는지, 작업복 차림이 아닌 평상복을 입고 있었다. 남들이 보면 퇴근길에 친구 집에 잠시 들르기라도 한 것 같은 모습이었다. 나는 소형 녹음기를 켜고 놈을 맞았다. 놈은 다짜고짜 방 안으로 들어와서는 침대에 걸터앉았다. 나는 방 가운데 가만히 서 있었다. 되도록 놈이 나를 다그치기 좋은 분위기를 연출하기 위해서였다.

"야, 병진아, 제정신이냐? 반품해달라고?"

"응. 원래 A/S 규정에 보면……."

"그럼 사진은 어떡할래?"

놈이 말하는 그 사진이 어떤 사진인지 정확히 할 필요가 있다고 생각했다. 그래서 아무것도 모르는 척 물었다.

"무슨 사진 말하는 거야?"

"뭐긴 뭐야? 너 고등학교 때 사진, 새끼야."

"고등학교 때 사진 뭐?"

"이 새끼가 치매기가 왔나…… 내가 보내준 거, 새끼야. 네 누드."

"그게 무슨 누드야? 네가 억지로 나 벗겨서 찍은 거지. 내가 얼마나 쪽팔렸는데……."

"그 사진이 쪽팔리는 줄 알면 새끼야, 이러면 안 되지. 어려운 친구 도와서 물건 사주지는 못할망정, 반품해달라고?"

"너 그 사진으로 나 자꾸만 협박하는데, 이제 그만 사진 지워줘."

"내가 무슨 협박을 해. 친구끼리 돕고 살자는 거지. 사진은 앞으로 네가 하기 나름인 거고."

"이건 강매야. 돕는 게 아니라……."

"됐고. 어떡할래? 우리 물건 살 거야, 말 거야?"

"안 사면 인터넷에 사진 풀 거야?"

"그럴지도 모르지."

됐다. 대충 놈이 사진을 인터넷에 풀 거라는 맥락이 녹음된 듯했다. 오늘은 이 정도면 충분했다. 놈을 보내고 쉬고 싶었다. 이제 당해줄 차례다.

"알았어. 그러지 마. 내일 내가 매장으로 가서 또 필요한 거 있으면 직접 고를게."

"진즉에 그럴 일이지. 나 피곤한 사람이야. 월요일부터 네 면상 보러 여기까지 와야겠냐? 사람 짜증 나게 하는 건 옛날이나 지금이나 다름이 없어요. 너도 뇌가 있으면 업그레이드 좀 해라, 새끼야."

놈은 침대에서 일어서더니 내 뒤통수를 기분 나쁘게 툭 쳤다. 나로서는 굴욕적이지만, CCTV에는 놈이 그만큼 파렴치하게 담길 것이다. 나는 창으로 걸어가 놈이 골목길을 빠져나가는 모습을 지켜봤다. 워낙 당하는 데 익숙해서 그런지 막상 해보니 그리 어려운 일도 아니었다.

다음 날 퇴근하고 놈의 가게로 갔다. 그냥 간 건 아니고,

억지로 산 서랍장도 가지고 갔다. 놈이 욕이라도 할 걸 대비해서 소형 녹음기를 켜서 정장 안쪽 주머니에 넣어두었다. 놈의 가게는 작은 빌딩 1층 전체를 쓸 정도로 꽤 규모가 컸다. 저녁이라 그런지 가게에 있는 직원은 놈 하나뿐이었는데, 소파를 고르는 손님 곁에서 뭔가를 쉴 새 없이 떠들고 있었다. 듣지 않아도, 소파를 사라는 꼬드김일 게 분명했다. 나는 손님이 놈의 사탕발림에 넘어가지 않기를 바라면서 문을 밀치고 들어갔다. 딸랑, 종소리가 울리자 놈이 나를 쳐다봤다. 그리고 내 손에 들린 서랍장을 보고는 인상을 썼다. 하지만 손님이 놈을 쳐다보고 있다는 걸 느꼈는지 언제 그랬느냐는 듯 비굴한 미소를 손님에게 지어 보였다. 가구를 사는 사람이라면 영혼이라도 내어줄 기세였다.

그러나 손님은 내 바람을 듣기라도 했는지, 5분쯤 더 놈에게 설명을 듣고도 끝내 소파를 사지 않고 가게를 나갔다. 놈은 손님 뒤통수에다가 다시 또 찾아와달라고 말하며 깍듯하게 인사했다. 손님은 놈의 과한 친절이 부담스럽다는 듯 예예, 대충 대답을 얼버무리고 총총 가게를 떠났다. 놈은 쇼윈도를 통해 손님이 시야에서 완전히 벗어난 게 확인되자, 나를 돌아보면서 미간을 잔뜩 찌푸렸다. 아까와는 정반대의 인격이 한순간에 드러났다. 지킬 박사

와 하이드 씨 수준이랄까. 물론 나는 당해주기로 했으므로, 쬘끔 놀라는 표정을 지었다. 놈은 내 코앞까지 걸어와서 이를 악문 채로 말했다.

"이 서랍장 뭐냐?"

"반품하려고."

"이 새끼가 미쳤나? 안 그래도 소파에 손때만 묻히고 가는 손님 새끼 때문에 열받아죽겠는데, 뭐? 반품을 해? 변기 물에 대가리 한번 감고 싶어죽겠지? 아주?"

"그래도 고객이 원하면 교환 또는 반품 해준다면서. 또 여기에 흠집도 있고."

나는 서랍장에 나 있는 흠집을 놈에게 보여주었다. 그걸 보면 일부러 팔리지 않는 걸 내게 떠맡겼다는 생각이 들 정도였다. 그러나 놈은 서랍장은 쳐다보지도 않았다.

"좋은 말 할 때 그냥 갖고 가라. 안 그러면 오늘 내로 사진 인터넷에 싹 다 올려버린다."

"알았어……."

나는 다시 서랍장을 챙겨 들고 그냥 가게를 나가려는 자세를 취했다.

"잠깐만."

역시 나를 그냥 놔줄 놈이 아니다. 나 역시 그냥 갈 생각은 아니었다. 놈을 옭아맬 또 다른 증거를 더 잡아야 여기까지 온 보람이 있다. 나는 놈을 쳐다봤다.

"그냥 가려고? 너 뭐 하나 사려고 온 거 아냐? 하루 종일 하나도 못 팔았는데, 마수걸이 겸 마감 하나 해."

"너도 봐서 알지만, 내 방은 좁아서 더 이상 들일 게 없어. 이것도 억지로 들인 거잖아."

"싫다, 그거야?"

나는 일부러 주눅 든 표정을 지으며 아무 말도 하지 않았다. 갑자기 놈은 눈알을 모로 굴리며 뭔가 생각하는 듯했다.

"그럼 이번 주말에도 배달 좀 하자."

"나도 주말에는 쉬어야……."

"닥치고. 사든지 일하든지 둘 중 하나는 해야 할 거 아냐?"

놈이 내 어깨를 감싸 안았다. 놈의 손이 닿은 쪽 어깨에 오소소 소름이 돋았다.

"야, 병진아, 새끼야. 내가 두 달 뒤에 결혼식이거든. 그래서 몸조심 좀 해야 해. 특히 허리. 알지?"

놈이 징그럽게 킬킬거리면서 웃었다. 저런 새끼도 결혼을 하는구나 싶었다. 누군지 모르겠지만 결혼할 사람이 불쌍하게 느껴졌다. 생각 같아서는 얼굴도 모르는 그 사람의 빰이라도 때려서 말리고 싶었다. 나는 대꾸하지 않고 곰곰이 생각해봤다. 이왕 증거를 모으는 거라면 놈에게 맞아서 상해진단이라도 받을 만큼 확실한 건을 잡고 싶었다. 같이 배달을 하다 보면 그런 기회가 올지도 몰랐다. 굳이 하겠다고 대답할 필요가 없었다. 어차피 놈은 막무가내다. 나는 입을 꾹 다물고 놈을 쳐다봤다. 놈은 내 뒤통수를 툭툭 친 다음, 토요일 아침부터 시간 빼놓으라고 말했다. 나는 시무룩한 표정으로 서랍장을 들고 가게를 나갔다.

예고한 대로 상희 대리는 수요일에 퇴사했다. 아니나 다를까, 곧바로 팀이 해체됐다. 팀장과 나는 해고될 줄 알았는데, 둘 다 사장 비서실로 발령이 났다. 우리가 왜 사장 비서실로 발령이 났는지는 알 길이 없었다. 심지어 사장의 비서조차 몰랐다. 오직 사장만 그 이유를 알겠지만, 사장에게 가서 묻고 싶지는 않았다. 사장이 던지는 핸드폰을 굳이 이마로 받아내야 할 이유는 없었다.

비서실에서 딱히 할 일은 없었다. 팀장과 나는 우리더러 나가라고 하는 무언의 압박이 아니겠느냐고 수군대기는 했지만, 그렇다고 보기에는 또 우리가 앉아 있는 사무실이 너무 괜찮은 곳이었다. 컴퓨터는 사무용으로 과하다 싶을 만큼 최신형이었으며, 앉아서도 숙면을 취할 수 있을 정도로 편안한 의자와 지나치게 크고 반질반질한 사무용 책상까지 주어졌다. 누가 보면 이사로 승진한 것으로 착각할 정도였다. 직원 두 명을 자르기 위해 이렇게까지 대접해줄 필요가 있을까, 하는 의구심이 드는 것도 사실이었다. 그래서 더 불안했다. 왜 사형당하기 직전의 죄수에게 평소 가장 먹고 싶었던 음식을 대접해준다고 하지 않던가. 평소에 가지고 싶었던 최신형 컴퓨터를 만지면서 딱 그 느낌이 들었다.

그런데 사장의 호의는 여기서 끝나지 않았다. 비서실로 발령받은 그날, 비서실 회식을 열어주었다. 나는 올 게 왔다고 생각했다. 술을 토하도록 먹여서 잘라버리겠다는 수작이 아닐까 추측했다. 그러나 회식 분위기는 너무나 부드러웠다. 과거 일본에서 건너온 야동으로 큰돈을 만진 사람답게 사장은 아주 고급스러운 일식집으로 팀장과 나를 비롯한 비서실 사람들을 데리고 갔다. 화려하면서도 정갈한 느낌을 주는 일식과 평소에는 구경도 하지 못할 사케가 테이블을 빼곡하게 메우자, 사장은 직원 모두에게 일일이 술을 따라주기까지 했다. 매주 사장의 폭언에 시달리던 팀장은 황송함에 어쩔 줄 몰라 했고, 아마도 매일 사장의 폭언과 폭력에 시달렸을 비서실 직원 중에는 눈시울을 붉히는 이도 있었다. 나는 끝까지 의심을 풀지 않았다. 아니, 의심을 풀지 않으려고 노력했다.

하지만 사장은 또 한 번 내 예상을 뒤집었다. 그는 2차로 고급스러운 양주 바에 우리를 데리고 갔다. 이번에도 평생 입에 댈 일조차 없어 보이는 위스키를 시켜서는 일일이 직원들에게 따라주었다. 처음 맛보는 고급 브랜드의 위스키는 목 넘김이 우유처럼 부드러웠다. 마시고 나서도 목구멍과 식도 사이에서 은은한 향이 맴도는 것 같았다. 정녕 돈의 맛이었다. 나뿐 아니라 직원들 모두 은은한 위스키의 향과 어두우면서도 아늑한 바의 분위기와 한눈에 들어오는 도시의 야경에 취한 표정이었다. 사장마저 왠지 품격 있어 보였다. 그는 흡족한 미소를 띠고 나와 팀장을 보면서 말했다.

"그동안 고생들 했어. 앞으로도 나만 따라와. 너희들도 이제 여유 좀 갖고 살 때 됐잖아. 내가 우리 초창기 멤버들 챙겨야지 누가 챙기겠어, 안 그래?"

잊고 살았지만, 팀장과 나 그리고 퇴사한 상희 대리와 해용 씨도 모두 초창기 멤버다. 회사가 생기고 2년도 되지 않았을 때 들어온 사람들이었다. 사람을 쓰고 버리는데 눈 하나 깜짝하지 않던 사장이 아직도 우리를 기억해주고 있다는 사실에 살짝 마음이 따뜻해지기도 했다. 사람들은 자기 주변에 도저히 납득하지 못할 이상한 일이 생기면 어떻게든 그 인과관계를 찾으려고 애쓴다. 하다못해 우연히 액운을 만나게 되면 과거에 내가 잘못해서 벌어진

업보라고 말하고, 반대로 우연히 행운을 만나게 되면 전생에 내가 나라를 구해서 받게 된 보상이라고 얘기한다. 사장이 초창기 멤버를 챙기겠다는 이 말 한마디는 그동안 내가 사장에게 품었던 납득하지 못할 모든 의문을 다 해소해준 느낌이었다. 사장은 살아남기 위해서는 지구도 서슴없이 멸망시킬 인간이지만, 그래도 초창기 멤버인 팀장과 나를 해고시키지 못하고 더욱 좋은 사무 환경을 내려줄 정도의 온정은 지니고 있었던 거라는 생각이 들었다. 의심이 위스키와 함께 부드럽게 넘어갔다. 그러고 나자 나도 정말 이런 것을 누리고 살 여유 정도는 가져야 할 때가 된 것처럼 느껴졌다. 그런 내 마음을 읽기라도 했는지 사장은 내 어깨를 격려하듯 툭툭 쳤다.

"지금은 좀 쉬어. 조만간 내가 새 사업 하나 론칭할 생각인데, 그때 또 핵심 인력으로 두 사람을 쓸 테니까. 잘되면 지분도 줄 생각이야. 그럼 강남에 아파트 한 채씩 장만할 돈 정도는 떨어질 거야, 아마. 하하."

나는 공손하게 고개를 숙였다. 팀장은 예예 감사합니다, 하고 조폭의 부하처럼 인사했다. 내 인사가 부족하리만큼 충직해 보였다. 사장은 부하직원에게는 화를 제대로 다스리지 못할 정도로 다혈질이기는 했지만, 막상 어떤 일을 할 때는 신중한 편에 속했다. 그런 그가 이렇게 말을 한다는 것은 이미 새로 시작하려는 사업에 대해 확신이 섰다는 얘기다. 오늘 하루 계속된 분위기 때문인지, 정말 사장 말대로 머지않아 강남에 내 이름으로 된 아파트를 장만하게 될 것 같은 기분이 들었다. 나는 도시의 야경을 바라봤다. 그러나 유리창에 반사된 사장의 얼굴만이 눈에 들어왔다. 오십대 초반 중년의 자신감 있고 욕망에 찬 표정. 저 표정을 나도 미래에는 지을 수 있기를 바랐다. 팀장도 나와 마찬가지 생각인 모양이었다. 그도 야경을 보는 척 사장의 얼굴을 지켜보고 있었다.

쉬라는 사장의 말대로 아무 일도 주어지지 않았다. 유일한 일이라면 사장과 점심을 함께하는 것뿐이었다. 그는 언제나 최고급 식당으로 팀장과 나를 데리고 갔다. 나는 겨우 이틀 만에 상류사회의 일원이라도 된 것처럼 사장과 함께하는 고급스러운 식사를 당연하게 여겼다. 그리고 생전 처음 더욱 위로 올라가고 싶은 강한 욕망도 생겼다. 지금 당장 내가 타고 있는 차부터 조금 더 고급스러운 것으로 바꿔야겠다고 마음먹을 정도였다.

그 주 금요일 채팅에서는 별달리 할 이야기가 없었다. 앙칼을 비롯한 사람들은 내게 복수에 성공했느냐고 물었고, 나는 토요일에 놈과 한 번 더 실랑이를 벌일 생각이었기 때문에, 다음 주에 후기를 얘기해주겠다고 했다. 버프와 레몬은 내게 파이팅을 외쳐주었다. 나는 앙칼의 사연은 언제 공개할 거냐고 물었다. 지금까지 정작 이 모임을 주도한 앙칼의 사연만은 공개되지 않았기 때문이다. 흐름상 이번 주에는 앙칼이 자신의 사연이 올라간 게시판 링크를 보내줘야 했다. 하지만 앙칼은 내가 복수를 한 후에 알려주겠다며 해맑게 미소 띤 이모티콘을 띄웠다. 별수 없었다. 이 모임 규칙상 당사자가 굳이 밝히지 않으면 그 무엇도 알아낼 수 없다. 나는 앙칼의 사연을 보기 위해서라도 복수에 성공해 보이겠다고 대답했다. 채팅은 그렇게 마무리되었다.

토요일, 이른 아침부터 배달을 하러 나오라는 전화를 받았다. 놈의 목소리를 듣자마자 짜증과 분노가 치밀어 올랐다. 덕분에 증거를 모으기 딱 좋을 만큼의 오기도 생겨났다. 가구 가게에 도착하자마자 놈은 내게 다짜고짜 목장갑을 던져주고, 배달할 가구를 실어놓은 트럭에 나를 태웠다.

"역시 친구가 좋네. 이제 약속 잡고 할 거 없이 매주 토요일 이 시간에 나오는 걸로 해."

놈은 싱글벙글 웃으며 말했다. 공짜로 부려먹을 호구를 하나 구해서 즐거워죽겠다는 표정이었다. 나는 아랫입술을 꽉 깨물었다.

가구 배달이란 옮기는 사람 간의 호흡이 매우 중요하다. 한마디로 이심전심 손발이 척척 맞아야 한다는 소리다. 대개 두 명이 부피가 큰 가구를 옮기게 되면 한 명이 리더가 되고 다른 한 명이 팔로워가 되어 그 뒤를 따르게 된다. 그때 어떤 방향으로 움직일지 리더의 지시에 잘 따라야만 한다. 만약 둘의 호흡이 맞지 않아 가구가 어딘가에 부딪쳐 흠집이라도 나게 되면 난감한 상황이 벌어질 수밖에 없다. 물론 나는 놈에게서 되도록 구타를 유발할 생각이었기 때문에 절대 호흡 따위를 맞춰줄 생각이 없었다. 특히 대형 가구일수록 계단을 올라가거나 문을 통과할 때 긁힐 위험이 크기 때문에 이때를 노렸다. 놈이 옷장을 뒤에서 받쳐 들면 나는 힘이 부친다는 듯 계단에 닿을락 말락 하게 들고 옮겼다. 놈이 신경이 곤두서서 내게 소리를 치면 그때는 더욱 놀란 척 힘을 뺐다. 결국 놈은 욕을 하면서 자리를 바꿨지만 이번에는 뒤에서 힘을 뺀 채 들었다. 문을 통과할 때는 일부러 말귀를 못 알아듣는 척 놈이 원하는 방향과 반대로 움직였다. 침대가 문틀이나 벽에 긁힐 뻔할 때마다 놈은 내게 소리를 지르거나 노려봤지만, 나는 어쩔 줄 몰라 쩔쩔매는 표정만 지어 보였다. 어차피 가구에 흠집이 나면 욕을 먹는 건 놈이기 때문에 나는 마음 놓고, 아슬아슬하게 가구를 배달했다. 설령 흠집이 나서 가구가 망가지면 까짓것 보상해주면 그만이라고 생각했다.

놈의 분노가 폭발한 것은 2백만 원쯤 하는 소파를 배달할 때였다. 배달할 가구 중에서 가장 고가이다 보니 놈으로서는 신경이 쓰일 수밖에 없었을 터였다. 그러나 나에게는 절호의 기회였다. 문을 통과할 때, 나는 일부러 중심을 잃은 척 쓰러지며 소파를 놔버렸다. 소파는 우당탕 소리를 내면서 문의 난간을 긁었다. 물론 소파도 문틀에 긁혀 크게 흠집이 났다. 지켜보던 집주인은 사색이 됐다. 놈은 소파를 놓고 재빨리 달려가 그녀에게 죄송하다고 사과했다. 하지만 집주인이 가만있을 리 없었다. 소파는 반품하고 긁힌 마루와 문틀도 배상하라고 고래고래 소리를 질렀다. 확실한 조치를 취하지 않으면 본사에 전화해서 클레임을 걸겠다고 했다. 운 좋게도, 집주인 캐릭터가 진상짓이 몸에 익은 사람인 듯했다. 놈은 월요일 당장 배상하겠으니, 제발 고정하시라고 울상을 지으면서 부탁했다. 사실 그동안 놈을 지켜보면서 고객 앞에서 굽신거리는 게 완전히 몸에 배어버린 인간이라는 건 알았지만 이렇게 눈물까지 보일 줄은 몰랐다. 비굴하고 약삭빠른 것에도 진정성이 있구나 싶을 정도였다. 놈의 눈물은 즉시 효과를 발휘했다. 집주인은 살짝 화를 누그러뜨리면서 월요일까지 지켜보겠다고 엄포를 놨다.

놈은 집 밖으로 나오자마자 나에게 쌍욕을 퍼붓기 시작했다. 사장에게 들었던 욕에 비해 그 다양성과 천박함이 결코 뒤지지 않을 수준이었다. 하지만 고작 욕이나 먹으려고 소파를 내동댕이친 건 아니었다. 조금 더 놈의 화를 돋울 필요가 있었다. 그래서 놈이 네가 다 배상해, 이 새끼야, 하고 소리를 지를 때 피식하고 웃어주었다. 역시나 놈의 얼굴이 돌변했다. 고등학교 때 흥분해서 나를 때리던 바로 그 모습이었다. 나도 모르게 움찔했다. 강자에게 약하고 약자에게 강한 놈이다. 놈은 그 틈을 포착하고는 나에게 달려와 발로 내 배를 찼다. 나는 미리 대비하고 있었기 때문에 일부러 뒤로 몸을 날려 쓰러졌다. 그러자 놈은 계속해서 발로 나를 밟았다. 나는 저항하지 않고 팔로 얼굴을 감싼 채 묵묵히 맞아주었다. 그 와중에도 CCTV가 어디에 달려 있는지 확인하는 걸 잊지 않았다.

얼마나 맞았을까, 골목에서 인기척이 나자 놈은 발길질을 거두었다. 나는 일어나지 않고 계속 쓰러져 있었다. 놈이 매섭게 소리쳤다.

"엄살 피우지 말고 빨리 일어나, 이 개새끼야!"

나는 오히려 심각한 부상을 입은 척 신음 소리를 흘렸다. 당연히 맞은 데가 진짜로 아프기도 했다. 골목 한편에서 발

자극 소리와 더불어 두런두런 대화를 주고받는 소리가 점점 또렷하게 들려왔다. 목소리가 낮고 굵은 것으로 봐서 남자 둘인 것 같았다. 놈은 불안하게 주위를 살피더니, 나를 일으키려 했다. 하지만 나는 오히려 힘을 뺀 채 축 늘어졌다. 놈은 몇 번을 더 일으켜 세우려고 하다가 힘에 부쳤는지 나를 내버려두고는 트럭에 올라탔다. 그러고는 시동을 걸자마자 이내 사라져버렸다. 나는 계속해서 누워 있었다. CCTV에 더 극적인 장면이 담겨야 했기 때문이다. 때마침 도착한 남자들이 다급하게 나를 일으켜 세웠다. 그제야 나는 겨우 정신을 차린 척 일어나 앉았다.

곧바로 병원에 가서 진단서를 끊었다. 그리고 경찰서에 들러 놈을 폭행으로 신고했다. 그 골목에 있던 CCTV 위치도 말해주었다. 경찰이 확보한 CCTV를 통해 놈의 일방적인 폭행 사실을 확인하는 순간 나도 모르게 웃음이 났다. 이게 바로 복수의 즐거움이라는 거구나……. 집으로 오는 길에 크게, 크게 웃었다. 십수 년 동안 가슴 깊숙한 곳에 맺혀 있던 것이 끊임없이 치밀어 오르는 느낌이었다.

이튿날에는 놈이 일하는 가게로 갔다. 사장을 만나기 위해서였다. 놈은 토요일까지 일하고, 일요일에는 대체로 사장이 직접 나와 가게를 본다고 했다. 가구점에 들어서자 오십대 후반으로 보이는 건장한 체구의 남자가 카운터에 앉아 있었다. 그 말고는 가게 안에 아무도 없었기 때문에 그가 사장이라는 걸 쉽게 짐작할 수 있었다. 나는 사장에게 가서 최대한 불만에 찬 표정으로 이 가게 직원의 고객 응대에 대해 할 말이 있다고 했다. 사장은 내 얼굴을 보더니 가구점 가운데 있는 응접 테이블로 안내했다.

"무슨 일이십니까?"

사장은 건장한 체구와는 달리 목소리가 나긋했다. 평생 고객을 응대한 것이 몸에 밴 사람이라는 게 느껴졌다. 이런 성격이라면 내 말을 끝까지 들어줄 거라는 확신이 들었다. 나는 그동안 놈에게 당한 일을 말해주었다. 침대를 교환해주지 않고 오히려 서랍장을 강매한 일, 서랍을 반품하러 왔을 때 내게 욕한 일, 나를 협박해서 배달시킨 일, 배달 중에 나를 때린 일 등을 세세하게 털어놓았다. 사장은 믿지 못하는 눈치였다.

"이상하네요. 그 친구 친절하기로 소문난 직원인데…… 그럴 리가 없습니다."

"그럼 이걸 좀 봐주세요."

나는 사장에게 그동안 모아뒀던 증거를 하나하나 보여줬다. 놈이 나를 협박하고 위협한 메시지와 음성 통화, 녹음 그리고 영상들이었다. 사장의 표정은 점점 심각해졌다.

"그리고 어제 제가 폭행도 당했는데요, 그건 이미 경찰에 신고했습니다. 물론 그 상황도 모두 녹음되어 있고, 근처에 있던 CCTV에도 녹화되어 있습니다. 그리고 제 온몸에 든 피멍도 증거가 될 겁니다."

사장은 한숨을 내쉬면서 두세 번 마른세수를 했다. 얼굴이 벌개진 사장을 보자, 이제는 압박을 가해도 되겠다는 생각이 들었다.

"어떻게 하실래요? 이 직원에 대해서 조치를 취하시겠습니까?"

사장의 얼굴에 난감한 기색이 스쳤지만 쉽게 말을 꺼내지는 못했다.

"좋습니다. 그럼 가구점 본사에 직접 문제 제기를 하겠습니다. 고객 게시판에도 이 모든 걸 올려두겠습니다. 제가 IT 업계에서 일하는데 아는 기자가 좀 있습니다. 제보도 하겠습니다."

솔직히 아는 기자가 있다는 말은 사실이 아니었다. 하지만 요즘 세상 분위기에서는 이런 종류의 기사는 아주 강력한 효과를 발휘할 것이다. 아는 기자가 아니라도 제보만 한다면 얼마든지 기사화할 수 있을 거라고 생각했다. 예상대로 사장은 고개를 숙였다. 본인 선에서 알아서 처리할 테니, 제발 문제만 만들지 말아달라고 부탁했다. 그리고 깍듯하게 고개를 숙이면서 건장한 체구에 어울리지 않게 눈물을 보였다. 아마도 놈은 고객 응대를 사장에게 배운 듯싶었다. 나는 지켜보겠다는 말을 남기고 자리에서 일어섰다.

가게를 다녀간 지 몇 시간 지나지 않아 놈에게서 전화가 왔다. 나는 침착하게 녹음 기능부터 켜고 전화를 받았다. 놈은 대뜸 미쳤느냐고 소리를 질렀다. 목소리에서 다급함이 묻어났다. 그래서인지 이상하게 전에 없던 자신감이 생겼다. 이제야 놈과 나의 관계에서 주도권이 나에게로 넘어온 느낌이었다.

"이 새끼야, 사장한테 가서 네가 전부 거짓말한 거라고 말해! 그리고 경찰에다가 고소한 것도 당장 취하해, 새끼야! 안 그러면 네 사진 전부 인터넷에 퍼뜨려버릴 테니까."

"아직 상황 파악이 안 되나 봐. 다시 사장님한테 전화해야겠다. 그리고 사진 퍼뜨리면 사이버수사대에서도 널 찾을 거야. 여하튼 경찰서에서 연락 갈 테니, 조사 충실하게 받아."

그리고 나는 심호흡을 한 번 한 다음 베팅을 했다.

"사진 퍼뜨리고 싶으면 퍼뜨려. 남자 고딩 벗은 거 누가 볼지 모르겠다."

수화기 너머로 놈이 욕지거리를 하는 소리가 들렸지만 더 이상 듣지 않고 끊었다. 더 들어줄 이유도 없었다.

나는 방금 녹음한 것을 가지고 다시 경찰서로 가서 놈에게 협박을 당하고 있다고 말했다. 그리고 놈이 사진을 퍼뜨리기 전에 체포해달라고 했다. 다행히 경찰은 신속하게 출동했다. 나는 복수의 순간을 즐기기 위해 일부러 경찰과 동행했다.

경찰과 함께 가게에 들이닥치자, 놈은 하, 하고 비웃음을 날렸다. 아직도 자신이 처한 상황을 파악하지 못하고 있다는 게 신기할 정도였다. 정작 놀란 쪽은 사장이었다. 놈에게 빽, 소리를 질렀다.

"알아서 해결하겠다더니 겨우 이거야!"

사장의 호통에 비로소 놈은 깜짝 놀라 기계적으로 고개를 숙였다. 놈의 얼굴이 창백해졌다.

"넌 해고야. 당장 나가!"

사장이 다시 호통을 쳤다. 그제야 놈은 나에게 와서 무릎을 꿇었다. 반사적이라고 해도 믿을 만큼 신속한 동작이었다. 놈은 제발 용서해달라고 눈물을 뚝뚝 흘리기 시작했다. 하지만 나는 소파를 변상하라는 손님에게 거짓 눈물을 흘리는 놈의 모습을 이미 봤던 터라, 눈물에 진정성이 담겨 있을 거라는 믿음이 먼지만큼도 없었다. 오히려 이런 버릇은 따끔하게 고쳐줘야 한다고 생각했다. 당연히 나는 놈을 외면했고, 경찰들은 놈을 일으켜 세웠다.

경찰서로 데리고 가 조서를 써야 했기 때문이다.

놈은 폭행에 이어 협박으로 다시 고소되었다. 각각은 처벌이 그리 크지 않을 수 있으나 두 개가 합쳐지자 결코 가볍지 않은 죄가 되었다. 놈은 한번 태세를 전환하자 끊임없이 비굴해졌다. 우리 집에 자신의 컴퓨터를 들고 와서 저장된 사진을 지우면서 합의를 해달라고 애원했다. 나로서는 당연한 걸 했다고 합의를 해줄 이유는 없었다. 나는 놈이 사진을 지우는 걸 확인하자마자 집 밖으로 끌어냈다. 놈은 끌려 나가면서도 정말 미안한 마음을 어떻게 전달해야 할지 모르겠다고 말하며 눈물을 글썽였다. 나는 어차피 용서하지 않을 테니, 법대로 벌을 받으면 된다고 대답해주었다. 용서라는 것은 상대가 충분한 벌을 받고 난 후에 해주는 것이다. 그 전에 해주는 용서란 어설픈 동정일 뿐이다.

불쑥 고개를 내미는 실재

처음으로 나는 우리 회사 사연 게시판에 진짜 사연을 올렸다. 그동안 내가 놈에게 벌였던 복수극을 꼼꼼하게 적은 것이었다. 지금까지 갖가지 사연을 올려본 경험에 비춰 이 사연은 당연히 '오늘의 톡'에 오를 거라고 예상했다. 그런데 실제는 그 이상이었다. 사연을 올리고 나서 몇 시간 지나지도 않았는데 바로 '오늘의 톡'에 선정된 것이었다. 조회수는 폭발적이었다. 최단 기간에 '오늘의 톡'에 선정되었다고 해서 내게 어떤 명예나 상금이 주어지는 것은 아니다. 하지만 창작이라는 건 명예나 상금 때문에 하는 게 아니다. 독자들이 나의 글에 공감해주는 것이 가장 큰 기쁨이자 보람이다. 뭐랄까, 이것은 '진짜' 사연을 통해

'진짜' 오늘의 톡에 선정된 '진짜' 기쁨이었다. 그러면서도 기분이 이상했다. 가상의 게시판에서 '진짜'라는 감정을 맛본다는 것이 말이다.

이제 각자의 복수는 끝났고, 앙칼의 복수만 남았다. 나는 그녀의 사연이 심히 궁금했다. 복수를 모의하기 위해 사람들을 모으고, 성공 사례금으로 천만 원까지 내건 사람의 복수에는 과연 어떤 사연이 있을까.

그런데 단톡방에서 이야기를 나누기 전 앙칼의 사연이 올라와야 할 때쯤, 뜻밖에도 그녀에게서 직접 연락이 왔다. 실로 오랜만에 듣는 목소리였음에도 단톡방에서 불쑥 내 귀로 걸어 들어온 것 같은 느낌이었다.

"잘 지내셨어요?"

앙칼의 목소리는 여전히 경쾌하고 밝았다. 친하게 알고 지냈다가 잠깐 소원해진 사이라는 착각이 들 정도였다.

"네. 그럭저럭요."

"부끄부끄님, 복수는 성공하셨어요?"

"네. 덕분에요."

"그래요? 축하드려요! 그치만 그게 제 덕분이겠어요? 다 부끄부끄님이 용기를 내신 덕분이겠죠."

나도 모르게 살짝 미소가 입에 걸렸다. 물론 앙칼이 그 모습을 볼 리는 없었다.

"지금 웃고 계신 거 맞죠?"

앙칼은 웃음기를 머금고 말했다. 그래서 나는 웃음을 거둘 수밖에 없었다.

"우리 한번 봐요."

"무슨 일로요?"

나는 조심스럽게 물었다. 언뜻 생각하기에 딱히 앙칼과 '직접' 볼 일은 없어 보였다.

"제 이야기를 하고 싶어서요. 이제 저의 복수를 할 차례니까요. 물론 증거가 있다면 천만 원도 드리고 싶고요."

"그건 단톡방에서……."

"아니요. 저는 직접 만나서 하고 싶어요. 시간 내주실 수 있죠?"

강요하는 말투는 아니었지만, 명백하게 단정적이라는 느낌을 줬다.

"네…… 뭐……."

나는 얼떨결에 대답해버리고 말았다. 천만 원을 준다는데 만나지 않을 이유가 없었다.

"그럼 만날 시간과 장소는 다시 문자로 보내드릴게요."

"알겠습니다. 참, 다른 분들도 같이 보나요?"

"아니요. 각자 따로 보기로 했어요."

"네……."

아쉬웠다. 같이 보면 레몬과 버프의 진짜 정체를 확인할 수도 있을 텐데…….

"그런데 왜 따로 보는 거죠?"

"그것도 만나서 이야기해드릴게요."

앙칼의 목소리가 조금 낮게 깔렸다. 어쩌면 만나서 할 이야기가 타인에게 절대 알려서는 안 되는 은밀한 사연이 아닐까, 하는 생각이 들었다.

"그리고 저……."

"말씀하세요."

"우리는 한 번도 본 적이 없는데……."

"보면 바로 알아보실 거예요."

앙칼의 목소리가 다시 경쾌해졌다. 그 때문인지 나도 왠지 그녀를 보면 곧바로 알아차릴 수 있을 것 같았다. 그래서 의심 없이 네, 하고 대답했다. 전화를 끊고 몇 분 지나지 않아 앙칼에게서 만날 시간과 장소가 문자로 왔다. 인터넷으로 검색해보니 내 돈으로는 절대 갈 엄두도 내지 못할 고급스러운 한정식집이었다. 회사 분위기도 뒤숭숭한데, 앙칼 정도의 재력가를 만나보는 것도 나쁘지 않을 거라는 생각이 들었다.

앙칼을 만나기 전까지, 나의 일상은 평온했다. 놈은 사라졌고, 회사에서는 여전히 아무 일이 없었다. 그러나 오히려 일이 없는 게 더 부담스러웠다. 빈둥거리는 나와 팀장을 볼 때마다 너무나 따뜻한 미소로 대하는 사장이 공포스럽기까지 했다. 듣기로 사장이 요새 자주 필리핀으로 출장을 간다고 했는데, 대체 그쪽에서 무슨 일을 벌이는 걸까 궁금했다. 가끔 텔레비전을 보면 불법 카지노를 그쪽에서 개발하고 론칭한다는데 사장도 그런 일을 하려는 게 아닐까 싶었다. 사장이라면 그러고도 남을 위인이었다. 포르노와 몰카로 돈을 번 인간이 도박 사이트를 개설하지 않을 이유도 없었다.

앙칼과의 약속은 금요일 7시였다. 그런데 약속 시간에서 한 시간 후면, 단톡방에서 복수 모의를 해야 한다. 어쩐지 시간대가 좀 모호했다. 게다가 자신을 보면 알아볼 수 있을 거라는 말도 낯설었다. 한 번도 본 적이 없는 사람을 내가 대체 무슨 수로 알아본단 말인가? 처음 앙칼로부터 만나자는 제의를 받았을 때만 해도 그러려니 했는데, 막상 마주할 시간이 되니 새삼 이 만남이 예사롭지 않다는 생각이 들었다.

일단 앙칼을 어떻게 알아볼 것인가, 하는 의문은 약속한 한정식집에 들어서자마자 해결되었다. 종업원이 곧바로 나를 그녀가 있는 방으로 안내했던 것이다. 방은 겉에서 보기에 네 명 정도 앉을 수 있는 크기였다. 긴장됐다. 그동안 들어왔던 목소리로 봐서는 꽤 매력적인 여성일 것 같았다. 나는 괜스레 옷깃을 다듬었다. 종업원이 문을 열어주자, 가운데 음식이 차려진 테이블이 보였다. 나는 음식보다는 그 너머에 앉아 있는 앙칼에게 신경이 쏠렸다. 그러나 그녀는 마스크와 모자를 쓰고 있어서 얼굴을 알아볼 수가 없었다. 실내인 데다가 제법 따뜻한 편인데, 마스크와 모자라니. 감기라도 걸린 건가. 하지만 앙칼은 내 의아한 표정에 아랑곳하지 않고, 손을 흔들어 보였다. 모자와 마스크 사이로 유일하게 보이는 눈은 웃고 있었지만, 그 모습만 봐도 앙칼이 상당히 미인일 거라는 짐작이 갔다. 그리고 무엇보다, 이상하게 앙칼의 말대로, 그녀가 익숙한 느낌이 들었다. 겨우 드러난 눈매만 봐도 그랬다. 하지만 아무리 생각해봐도 살면서 저런 미모의 여자를 알고 지낸 기억은 없었다. 당연했다. 있었다면 당장 기억해냈겠지.

"뭐 해요? 어서 들어와요."

전화로만 듣던 바로 앙칼의 목소리. 나는 정신이 번뜩 들었다. 종업원은 여전히 문을 잡고 서 있었다. 대체로 서비스란 가격에 비례하기 마련이다. 이 정도의 친절이라면 음식 가격도 만만치 않을 터다. 그렇지만 이런 장소에 익숙하지 않은 나로서는 종업원에게 미안한 마음을 안고 황급하게 방 안으로 들어갈 수밖에 없었다. 그러자 자동문처럼 고요하게 문이 닫혔다. 이제 둘만의 시간을 가지라는 듯.

약간 어색한 기운이 감돌았다. 나는 쭈뼛거리면서 자리에 앉았다. 앙칼은 손으로 턱을 괴고 내가 하는 양을 가만히 쳐다봤다. 뭔가 감시당하는 기분이었다. 모자와 마스크로 얼굴을 가린 상태라 더욱 그랬다. 앙칼은 테이블 위에 흰 봉투를 꺼냈다. 제법 두툼했다. 내가 의아한 얼굴로 봉투를 보자, 앙칼은 몸을 뒤로 젖히면서 팔짱을 끼고 말했다.

"밖에서 만났어도 규칙대로 해야죠. 천만 원이에요. 부끄부끄님의 증거를 보여주세요."

앙칼은 성격이 급한 편인 듯, 인사도 생략한 채 본론부터 꺼냈다. 그간 천만 원은 단톡방의 문자로만 존재해왔다. 그런데 이렇게 단아한 흰색 봉투에 싸인 채 놓여 있으니, 어떤 아우라 같은 게 느껴졌다. 나는 천만 원에 홀린 것처럼 핸드폰을 꺼내 그동안 확보해둔 동영상을 보여주었다. 앙칼은 유심히 지켜보다가, 싱긋 웃으며 봉투를 내게 내밀었다.

"훌륭하게 성공했네요."

그 눈웃음이 너무 환해서였을까, 나는 당연히 내가 받아야 할 보수를 받는 것 같았다. 오랜만에 느껴보는 현금의 실물감이 손바닥에 묵직하게 전해졌다.

"이제 식사하죠."

"네."

나는 기분 좋게 수저를 들었다. 동시에 앙칼을 흘끔 쳐다봤다. 밥을 먹기 위해서는 마스크를 벗어야 하니 얼굴을 확인할 수 있을 거라는 기대 때문이었다. 하지만 앙칼은 여전히 팔짱을 낀 채 나를 쳐다보고 있었다. 머쓱해진 나는 괜히 밥상을 둘러보았다. 가짓수가 많지는 않았지만 전체적으로 정갈했다. 보리굴비나 불고기 따위에는 알록달록한 색깔의 고명이 올라가 있어서 예쁘기도 했거니와 식욕을 당겼다. 하지만 차마 젓가락을 가져다 댈 수 없었다. 정작 여기로 부른 앙칼은 숟가락도 들지 않고 있어서였다.

"같이 드시죠."

나는 공손하게 말했다.

"먼저 드세요. 전 조금 있다가 먹을게요."

"그럼 저도 조금 있다가 먹겠습니다."

"아뇨. 그럴 필요 없어요. 부끄부끄님은 지금 드셔야 할 거예요. 그게 저에 대한 예의니까요."

어리둥절했다. 먼저 먹는 게 예의라니. 나는 앙칼을 멀뚱멀뚱 쳐다봤다. 그녀는 내게 음식을 재촉하는 손짓을 했다. 살면서 이런 경우도 처음이라, 나는 앙칼에게 살짝 눈

인사를 하고 국물을 한술 떴다. 뭐랄까, 내 혀에 염도를 맞춘 것처럼 딱 맞는 간이었다. 나는 밥을 먹는 데 몰두하기 시작했다.

밥을 반 공기 정도 비워내고 배가 어느 정도 채워지자, 미처 깨닫지 못했던 이 분위기의 무거움이 비로소 느껴졌다. 고개를 들어 앙칼을 보니, 그녀는 어느새 모자를 벗은 채 몸을 꼿꼿하게 펴고 앉아 있었다. 갑자기 팽팽한 긴장감이 흘렀다. 앙칼은 손을 들어 천천히 마스크를 벗었다. 나는 마른침을 삼켰다. 역시나 짐작했던 대로 감탄이 나올 만큼 아름다운 얼굴이었다. 그리고 무엇보다 익숙한 얼굴이기도 했다. 앙칼은 몇 년 전 내가 수도 없이 봤던 사람이었다. 모니터를 통해서 말이다. 앙칼은 내 표정을 보더니 작게 한숨을 내쉬었다.

"당연히 당신이 알 거라고 생각은 했지만, 다른 한편으로는 알아보지 못하길 바라기도 했어요. 사람들이 알아볼까 봐 이렇게 마스크와 모자를 쓰고 다니는 것도 지긋지긋한 일이거든요."

"네……."

나는 더 이상 말을 할 수가 없었다. 앙칼, 그녀는 몇 년 전 몰카 사건의 피해자였다. 앙칼과 당시 남자친구와의 섹스 동영상은 우리 회사 웹하드에 가장 먼저 올라왔었다.

그리고 폭발적인 다운로드를 기록했다. 말할 것도 없이 그녀의 아름다운 얼굴과 몸매 때문이었다. 이로 인해 회사가 거둔 수익도 막대했다. 덕분에 회사는 웹하드 부문의 선두 업체로 자리매김할 수 있었고, 탄탄한 유료 가입자 층도 확보할 수 있었다.

그 후 몇 년이 지나, 여러 웹하드 사이트에 업로드된 몰카들이 사회적 문제로 떠오르면서, 사장이 경찰 조사를 받고 구속된 적이 있었다. 그때 앙칼의 몰카가 우리 회사 웹하드에 가장 먼저 오른 까닭이 밝혀졌다. 그녀의 남자친구가 거액을 받고 사장에게 동영상을 팔아버렸기 때문이다. 하지만 남자친구라는 자는 그사이 어디론가 잠적해버린 뒤였다.

"저를 이미 알고 있으니까, 긴말 필요 없겠네요. 본론부터 말할게요. 저는 당신 회사에 복수하고 싶어요. 제 인생을 망쳐버린 곳이요."

앙칼진 말투였다. 나는 숟가락을 테이블 위에 내려놓았다. 이제야 앙칼이 밥을 먼저 먹는 게 예의라고 말한 이유를 알 것 같았다. 여기 들어설 때부터 그녀의 정체를 알았다면 나는 한 숟가락도 뜨지 못했을 것이다.

"어떻게 하실래요? 저를 도와주실래요? 아니면 거절하실래요?"

너무 단도직입적이라 무슨 말을 해야 할지 몰랐다. 물론 거절하고 싶었다. 회사를 그것도 사장을 상대로 복수를 한다는 게 감도 잡히지 않을뿐더러, 아직까지 월급을 받고 있는 회사에 해를 끼치는 것은 자해를 하는 것과 다를 바가 없기 때문이었다. 그렇다고 천만 원까지 받은 마당에 선뜻 거절하겠다는 말이 나오지도 않았다.

"전 무엇도 강요하지 않아요. 하지만 저의……."

감정이 북받쳤는지 앙칼의 눈에 눈물이 고였다. 그러나 거기까지였다. 눈가가 한 번 파르르 떨리는가 싶더니 이내 감정을 추스르고 날카로운 눈빛을 되찾았다.

"하지만 부끄님도 당시 팀원으로서 제 영상을 퍼뜨린 책임이 있다는 걸 잊지 마세요."

"그 일은 죄송하게 생각합니다. 하지만 저도 위에서 시킨 일이었어요. 한낱 월급쟁이……."

앙칼이 내 말을 재빨리 가로챘다.

"이상하게 다들 그 말을 하시네. 그 월급은 제 영상 때문에 받은 게 아닌가요?"

틀린 말은 아니다. 따지고 보면 당시 우리 회사는 앙칼의 동영상 때문에 먹고살았다고 해도 지나치지 않다. 대신 앙칼이 방금 한 말에 의구심이 떠올랐다. 다들 그 말을 하다니? 그렇다면 나 말고 다른 팀원들도 만났단 말인가?

이를테면 상희 대리나 해용 씨처럼 웹하드팀이었을 때부터 같이 해왔던 초기 멤버들. 잘됐다. 나는 이걸로 화제 전환을 시도해보기로 했다.

"혹시 저 말고 다른 팀원을 만나보셨나요?"

"글쎄요."

"만나보신 거죠?"

"그게 뭐 중요한가요?"

앙칼은 아무렇지도 않게 되물었다. 그래서 오히려 잡아떼고 있다는 느낌이 들었다.

"네. 중요합니다. 솔직히 저는 단톡방에 있던 사람들이 우리 팀원들이 아닐까 의심했었습니다. 그런데 만약 앙칼님이 저를 만난 이유와 같은 이유로 우리 팀원들을 만났다면 제 의심이 확신으로 바뀔 겁니다. 처음부터 앙칼님은 자기 복수를 위해 우리 팀원들을 한데 모은 게 되니까요."

"제가 많은 사람들 중에 왜 하필 부끄부끄님의 팀원 사람들을 모으는 수고를 해야 하죠?"

"앙칼님은 우리 팀의 죄의식을 자극하고 싶었겠죠."

"죄의식이 있기나 했어요?"

딱히 대꾸할 말이 생각나지 않았다. 사실 죄의식이 없었다. 그래서 나는 또 한 번 말을 돌려보기로 했다.

"앙칼님의 말씀대로 제 책임이 있을 수도 있겠죠. 하지만 저 혼자 한 일은 아닙니다. 저희 팀원들이 다 같이 했어요. 앙칼님의 복수를 도와도 다 같이 해야 한다는 말씀입니다."

앙칼은 피식, 비웃음을 흘렸다.

"어떻게든 이 상황을 모면하려고 하시네요. 다 같이 모여서 회의라도 하시려고요?"

"그냥 의견 수렴을……."

"뭐, 회의가 가능할지 의문이네요. 모일 수나 있을지……."

"네? 그게 무슨 말씀이신지?"

앙칼은 물을 한 모금 마셨다. 나는 다시 물었다.

"왜 우리 팀원들이 못 모인다고 생각하시는 건가요?"

이번에도 앙칼은 대답하지 않았다. 대신 밥을 떠서 우물우물 씹기 시작했다. 나는 그 모습을 멀거니 지켜보았다. 앙칼은 목이 메는지 물을 한 모금 삼켰다. 그러고는 젓가락을 놓고, 오른편 빈 공간 어딘가를 응시하면서 말했다.

"저는 원래 이제 막 일을 시작하려던 배우 지망생이었어요. 남자친구는 그런 저를 봐주던 매니저였죠. 제가 수입이 없었으니 그도 가난했겠죠. 그래서 돈의 유혹에 쉽게 넘어갔을 테고. 그 일이 터졌을 때, 전 한동안 폐인처럼 지냈어요. 사랑했던 사람이 배신했다는 사실보다 더 받아들이기 힘들었던 건, 모든 사람들이 저의 벌거벗은 몸을 봤을 거라는 두려움이었어요. 제가 너무나도 하고 싶었던 배우의 꿈이 완전히 사라진 것은 물론이고, 밖에 나가는 것조차도 무서웠어요."

그 마음이 이해될 것도 같았다. 나도 내 고등학생 때의 사진이 퍼질까 봐 노심초사하지 않았던가. 물론 앙칼과 비교될 바는 아니지만. 나는 테이블 왼편에 시선을 두었다. 앙칼을 바라보고 있기가 미안했다.

"죽어버릴까도 생각했지만, 포기했어요. 죽을 용기도 없었던 거죠. 그게 더 비참했어요. 대신 이를 악물었죠. 이 저주받을 곳에서는 더 이상 살 수 없을 것 같아서 무작정 미국으로 건너갔어요. 거긴 땅도 넓고 사람도 많으니까 저를 알아보지 못할 것 같았거든요. 하지만 막막했어요. 돈도 없고, 아는 사람도 없었으니까요. 그래서 제가 어떻게 했는지 알아요?"

나는 고개를 가로저었다.

"우선은 돈이 있어야 되겠더라고요. 그래서…… 그래서 제 영상을 팔았어요. 제가 가진 건 그것밖에 없었으니까요. 이제 세상 모든 사람들이 저를 보게 될 거라는 생각에 또 얼마나 울었는지. 저를 알아볼까 봐 여기를 떠났는데, 정말 멍청한 짓을 했구나 하는 생각이 들더라고요. 그렇지만 저는 살아야 했어요. 살기 위해서는 돈만 필요한 게 아니었어요. 그런 절망적인 상황에서는 희망도 필요했죠. 두 가지 꿈을 꿨어요. 첫 번째 꿈은 영상을 당신 회사에 팔아버린 남자친구를 이 세상에서 없애버리겠다는 것, 두 번째 꿈은 당신 회사를 이 세상에서 없애버리겠다는 것. 당시 제 상황에서는 말도 안 되는 꿈일 수 있지만, 그래도 그것 때문에 살았어요. 이를 악물고 돈을 벌었죠. 제 알몸뚱이 영상까지 팔았는데 뭔들 못 하겠어요. 제 영상 판 돈을 밑천 삼아 운 좋게 돈도 제법 벌었죠. 덕분에 당신 회사를 없애려고 다시 되돌아올 수 있었고요."

자신의 이야기를 털어놓는 동안 앙칼의 눈빛이 아련해졌다. 직감적으로 이건 진짜라는 생각이 들었다. 말하자면 '오늘의 톡'감이었다. 동시에 저 절절한 사연을 앞에 두고 이런 생각이나 하고 있는 내 자신이 혐오스러웠다. 그런데 가만, 뭔가 섬뜩했다.

"혹시…… 여기에 왔다는 것은 두 번째 꿈을 이루기 위한 것 같은데, 그렇다면 첫 번째 꿈을 이뤘다는 뜻인가요?"

"글쎄요."

앙칼은 다시 미소 지었다. 이번에도 오싹한 느낌이 등골을 타고 흘렀다.

"아까 제 팀원들이 모일 수도 없을 거라고 하셨는데, 혹시 그들에게도 뭔가 손을 쓰신 건지……."

"글쎄요. 참, 오늘 단톡은 없어요."

이번에는 앙칼이 말을 돌리는 느낌이었다. 갑자기 입술이 바짝 말랐다. 물을 한 모금 마셨다. 아무래도 협박을 받고 있는 것 같았다.

"그럼 레몬이랑 버프 두 분과도 이런 이야기를 하셨나요?"

"글쎄요."

"그분들은 뭐라고 얘기하던가요?"

"글쎄요."

"레몬과 버프 두 사람, 정말 김상희 대리와 정해용 씨 아닌가요?"

"글쎄요."

나는 더 이상 묻지 않았다. 무엇을 묻든 앙칼은 글쎄요, 라고 대답하기로 작정한 것 같았다.

"남들 의견이 뭐가 중요해요? 저는 부끄부끄님에게 묻고 있는 거예요. 나와 복수를 같이할지 말지요."

"제가 왜 복수를 도와야 하죠?"

"말씀드렸잖아요. 제 인생을 무너뜨린 책임이 있으니까요."

앙칼은 싱긋 웃었다. 어느새 처음 그녀를 보았을 때의 표정으로 돌아와 있었다.

"밥 먹죠. 식어요."

앙칼은 나물 하나를 집어서 천천히 씹기 시작했다. 하지만 나는 도저히 먹을 기분이 나지 않았다. 무엇보다 불편했다. 뭐랄까, 모니터에 있다가 현실로 걸어 나온 앙칼은 놈이 가져다 놓았던 침대의 존재감에 비할 바가 아니었다. 그녀는 사연을 가진 한 명의 사람으로 내 앞에 앉아 있었다. 게다가 그 사연조차 모니터에서 읽는 게 아니라 육성으로 들어야 했다. 앙칼의 존재가 숨 막힐 듯 버거웠다. 차라리 모니터 앞에서 한없이 가볍던 앙칼의 존재가 그리웠다. 하지만 실제로 다가와버린 그녀는 모니터로 돌아갈 생각이 없어 보였다. 나는 더 이상 진짜 앙칼을 견딜 수가 없었다.

"저는 이만 가보겠습니다."

내가 자리에서 일어나자, 앙칼은 과장되게 놀란 눈으로 나를 쳐다봤다.

"벌써요? 아직 많이 남았는데, 더 드시고 가시지."

"아뇨. 많이 먹었습니다."

나는 옆에 놓인 가방을 챙겨 들고 문을 나섰다. 그때 앙칼이 등 뒤에서 말했다.

"며칠 생각해보세요. 연락할게요."

나는 대답하지 않았다. 그저, 문을 닫고 방을 나섰다.

집으로 가는 길에 상희 대리와 해용 씨에게 전화를 걸었다. 두 사람 모두 지금은 없는 번호라는 메시지가 되돌아왔다. 갑자기 언젠가 보았던 시사 고발 프로그램이 생각났다. 어느 알짜 기업의 사모가, 사위가 불륜을 저질렀다는 망상에 사로잡혀 그 불륜 상대라고 지목했던 여자 대학생을 청부살해했던 사건을 다룬 것이었다. 그때 누군가의 목숨을 앗은 금액이 1억 7천만 원 정도였다. 2억도 채 안 되는 돈. 얼굴도 모르는 이의 소소한 복수극에 천만 원이라는 돈을 아무렇지도 않게 내거는 인물이라면, 2억 정도는 어렵지 않게 마련할 수 있을지도 모르는 일이다. 설마 내게 이런 일이 일어날 리 없다고 거듭 생각해봤지만, 몸살에 걸린 것처럼 몸이 떨려왔다.

사장에게서 출장 명령을 받기 전까지 일주일간 하루 종일 온 신경이 곤두서 있었다. 길을 걸을 때면 누군가 미행을 하고 있다는 기분에 사로잡혀 수시로 뒤를 돌아보기 일쑤였고, 집에 들어가면 문이라는 문은 모조리 잠갔다. 살인청부업자가 배달원이나 택배기사로 변장해서 나를 죽이기라도 할까 봐 집에 그 무엇도 들여놓지 않았다. 차를 몰고 다닐 때도, 영화에서 본 것처럼 덤프트럭이 내 차를 뭉개버리기라도 할까 봐 일부러 대로변의 막히는 길만 골라서 다녔다. 망상은 점점 깊어져갔고, 사는 게 사는 게 아니었다. 어쩌면 앙칼이 예전에 느꼈던 감정이 이런 것이 아니었을까, 하는 생각이 뒤늦게 밀려들었다. 그러나 그것은 죄책감이기보다는 공감 쪽에 가까웠다. 때문에 나는 앙칼에게 미안해하며 그녀의 복수를 돕겠다고 결심하기보다 이 곤란한 상황에서 어떻게든 달아나고 싶었다.

그때 사장에게서 필리핀으로 출장을 가라는 명령이 떨어졌다. 무슨 일을 할지는 그곳에 도착하면 현지 직원이 알려줄 거라고 했다. 출장을 보내면서 업무 지시가 없는 경우도 처음이고, 현지에 자회사가 있다는 얘기도 처음이었다. 하지만 나는 간다고 했다. 앙칼이 있는 여기보다는 필리핀이 훨씬 안전할 거라고 믿었다. 때문에 사장의 출장 명령은 차라리 복음에 가까웠다. 필리핀 가는 비행기 안에서야 비로소 나는 마음을 놓았고, 장난스럽게 필리핀에도 살인청부가 있는지 따위를 인터넷으로 검색해보다가, 몇십만 원이면 가능하다는 역시 장난인지 아닌지 모를 글을 읽게 되었다. 한숨이 나왔다. 되도록 무사히 수명을 다할 때까지 비행기 안에서 살고 싶었다.

마닐라 공항에서 입국 수속을 마치고 게이트를 빠져나오자, 내 이름이 적힌 피켓을 들고 있는 현지 직원이 한눈에 들어왔다. 한국인이었고, 도저히 IT 쪽에서 일할 것 같지 않은 우락부락한 인상이었다. 덩치도 커서 얼핏 보면 헤비급 격투기 선수처럼 보일 정도였다. 키는 대략 190센티미터 정도에 몸무게는 못해도 백 킬로그램쯤. 얇은 셔츠 위로 드러난 탄탄한 근육질의 몸을 보자, 두뇌보다는 육체가 훨씬 더 발달된 사람이라는 느낌이 들었다. 하지만 오히려 그 편이 내게 더 위안을 주었다. 적어도 사무실에 도착할 때까지는 잘 발달된 두뇌 쪽은 아무짝에도 쓸모가 없어 보였다.

이름 모를 열대 가로수가 펼쳐진 낯선 이국의 풍경 때문인지, 후덥지근한 날씨 때문인지, 아니면 운전을 하는 덩치 때문인지, 사무실에 도착할 때쯤에는 긴장이 살짝 풀어졌다. 도시 외곽이긴 했지만, 사무실이 있는 건물은 꽤나 쾌적해 보였다. 흰색으로 된 2층 주택이었는데, 널찍한 마당에는 잔디가 깔려 있었고, 이국의 나무들이 곳곳에 심어져 있었다. 마당을 가로질러 가는 동안 일하러 온 게 아니라, 흡사 콘도에 쉬러 온 것 같은 기분이 들었다. 사무실에는 이미 내 자리가 마련되어 있었는데, 가장 최신 부품들만 엄선해서 조립한 컴퓨터와 잠을 자도 될 만큼 안락한 의자가 놓여 있었다. 나와 같은 전형적인 공대생들의 취향을 완벽하게 저격하는 인테리어였다. 이건 명백한 사장의 환대였다. 나는 하다못해 덩치에게라도 이 고마움을 전달하고 싶었다. 그런데 그는 뜻밖에도 부장

자리에 앉았다. 그것도 권총을 손가락에 걸고 장난처럼 휘휘 돌리면서. 나는 그대로 얼어붙은 채 두 눈만 끔뻑이며 그를 쳐다봤다. 덩치에게서 느꼈던 안정감은 순식간에 공포감으로 돌변했다. 덩치는 총을 자신의 책상 위에 내려놓고 팔짱을 낀 채 몸을 젖혔다. 조금 안심이 됐다. 아직 나를 죽일 생각은 없어 보였다.

"혹시 부장님이신가요?"

"그런가 봐."

덩치가 시큰둥하게 대답했다. 맹수가 먹이를 앞에 두고 낮게 으르릉거리는 느낌을 받았다.

"저는 어떤 일을 하면 되나요? 사무실에 도착하면 업무 지시를 하신다고……."

"당신이 어떤 일을 해야 하는지는 모르겠고, 내가 할 일은 알아."

"그게 뭔가요?"

"일을 똑바로 하는지 감시하는 거. 엉뚱한 수작 부리면 죽여버리래."

"누, 누가요?"

그때 내 핸드폰이 울렸다. 나는 고양이 앞에 선 쥐처럼 몸이 얼어붙어서인지, 선뜻 손이 가지 않았다. 덩치가 받아보라고 턱짓을 했다. 전화를 건 이는 사장이었다.

"네. 사장님."

"잘 도착했어?"

"덕분에……."

"좋아. 그럼 일 좀 해야지. 거기서 도박 사이트 하나 만들어."

"네?"

귀를 의심했다. 도박 사이트라니. 불법 아닌가? 필리핀을 자주 들락거린다더니, 역시 사장은 예상을 크게 벗어나지 않는 종류의 인간이었다.

"사장님 그건……."

"너라면 할 수 있을 거야. 실력은 익히 봐왔으니까. 언제까지 월급쟁이로 살 거야? 5년 동안 수익의 5프로 어때?"

감이 잘 오지 않았다. 불법 도박 사이트를 열어서 수익이 생기면 얼마나 생길 것이며, 또 그것의 5퍼센트면 어느 정도의 돈인지 말이다.

"아마 1년에 5억은 넘을 거야. 최소한."

사장은 최소한이라는 말에 힘을 줬다. 귀신같이 내 생각을 읽은 것도 신기한데, 5억이라는 말이 마음을 움직이기까지 했다. 5년 동안 해마다 5억이면 최소 25억. 로또나 다름없다. 하지만 불법이다. 걸리면 5억이고 뭐고 철창신세다. 그런데 이번에도 사장은 귀신같이 내 마음을 알아챘다.

"혹시 불법인 게 마음에 걸리면 걱정 마. 거긴 필리핀이잖아. 섬이 7천 개나 있다고. 만에 하나 문제가 생긴다고 해도 외딴섬에 숨어버리면 못 잡아. 하지만 그런 문제도 안 일어날 거야. 뒤를 봐주는 건 이미 얘기가 다 됐고, 심 부장 만났지?"

나는 덩치를 흘끔 봤다.

"네."

"그 부분은 책임지기로 했어. 둘이 힘을 한번 합쳐보라고."

"그런데 저, 사장님? 이런 일을 갑자기 맡기시면……."

"왜 하기 싫어?"

솔직히 썩 내키는 것은 아니다. 불법이 내 삶에 이렇게 가까이 다가온 적은 없었다. 겁이 나는 것도 사실이었다. 그러나 덩치가 다시 권총을 손가락에 걸고 뱅글뱅글 돌리기 시작했으므로 나는 입을 닫았다.

"잘해봐. 나 알지? 한 입으로 두말 안 하는 거?"

솔직히 잘 모른다. 사장이 한 입으로 두말한 적이 많다는 건 잘 안다. 그렇다고 말대꾸할 분위기도 아니었다. 까딱 잘못하면 내가 7천 개의 섬 중 하나에 매장될 수도 있었다.

"개발은 석 달 안에 끝냈으면 해. 일주일 내로 몇 명이 더 갈 거야. 김 팀장도 합류할 거고. 그럼 수고해."

내가 네, 라고 대답하기 전에 전화는 끊겼다. 팀장도 온다니 그나마 조금 위안이 되었다. 무슨 일이 생긴다 해도 혼자 죽지는 않겠구나 싶었다.

도박 사이트 개발은 순조로웠다. 팀장이 합류한 이후 필리핀에서 일한다는 느낌조차 들지 않을 정도였다. 석 달 만에 모든 개발은 완료됐고, 오픈하자마자 대박이 났다. 이 사이트에서의 모든 거래는 가상화폐로 진행됐다. 가상화폐로 사이트 내의 사이버머니를 사고 그 사이버머니로 도박을 해서 돈을 따면 그걸 다시 가상화폐로 되돌려받을 수 있었다. 회사에서는 고객이 원하면 언제든 정확히 가상화폐를 지불했다. 도박 사이트라서 오히려 철저하게 신용을 쌓겠다는 정책이었다. 그렇지만 가상화폐로 되돌려받는 사람들은 극히 드물었다. 그들은 실제로 도박이 가능한 사이버머니를 더 쌓으려고 기를 썼다. 짐작건대 언제든 사이버머니를 가상화폐로 바꿀 수 있다는 믿음이 사이버머니에 대한 직접적인 믿음으로 연결되었다. 그러니까 가상의 화폐로 산 또 다른 가상의 돈이, 뜻 모를 아이디로만 존재하는 가상의 사람들 사이를 흘러 다녔다. 대체 여기에 진짜가 있는 것일까? 사장의 주머니를 두둑하게 채우는 현금만이 진짜일까? 그것도 아니다. 듣기로 사장은 이렇게 번 돈을 또 다른 가상화폐로 세탁해서 국내의 가상화폐거래소를 통해 재투자한다고 했다. 그러므로 이 사이트의 돈의 흐름은 고객들의 진짜 현금으로 시작해서 가상화폐로 끝나는 셈이다. 어쩌면 이 모든 가상이 언젠가 진짜로 환원될 수 있다는 믿음 그것 하나만 진짜일지도 몰랐다.

나는 사장이 연말에 매출의 5퍼센트를 정산해서 준다면 무조건 현금으로 바꿀 생각이다. 하루 종일 도박 사이트를 관리하다 보니 손에 잡히지 않는 어떤 것을 믿는다는 게 되레 생경했다. 그래서 사장처럼 가상화폐에 투자할 마음 따위는 없었다. 해마다 수억 원의 현금을 은행에 넣기만 해도 월급쟁이로서는 평생 만져보지도 못할 돈을 모으게 된다. 지금처럼 사이트가 붐빈다면 불가능한 일도 아니다. 나는 욕심이 많은 사람이 아니다. 한 30억만 모으면, 한국으로 되돌아가서 시간을 낭비하는 즐거움으로 살아갈 계획이다. 밤낮을 가리지 않고 접속해대는 회원들 덕에 눈 붙일 시간조차 없는 하루하루를 살고 있었다. 시간 낭비에 대한 그리움이 너무나 깊었다.

그러나 5년 뒤의 30억은 요원했고, 당장 나에게 필요한 것은 잠을 자는 일이었다. 30억을 주고 잠을 사고 싶을 만큼 견딜 수 없게 되었을 때, 비로소 사장은 나에게 사흘의 휴가를 주었다. 휴가라서, 관광을 해야겠다는 생각은 조금도 들지 않았다. 대신 사무실을 나오자마자 가장 가까이에 있는 호텔에 들어가서 그대로 뻗어버렸다. 말이 호텔이지 한국의 모텔보다도 수준이 떨어지는 곳이었다. 문을 열자마자 도마뱀 한 마리가 황급히 달아났다. 하지만 내 잠만 방해하지 않는다면 상관없었다.

정말 다디단 잠이었다. 잠결에 내 몸이 공중에 붕 뜨는 듯한 느낌이 들었고, 고급 세단에 실려 가는 듯 잔잔한 진동을 느끼기도 했으며, 누군가 오늘 납치는 정말 쉬웠어, 라고 말하는 소리를 들은 것도 같았다. 음성이 여러 개가 뒤섞였는데, 또렷이 들리는 건 검객이니, 떡만두니, 단백질이니 하는 호칭이었다. 모두 도박 사이트 개설 초기, 큰돈을 잃은 사람들의 아이디였다. 하다 하다 이제 꿈에서조차 일하고 있구나, 하는 생각이 들었다. 그리고 다시 긴 잠이 이어졌다.

누군가 내 얼굴에 물을 뿌렸을 때에야 정신이 번쩍 들었다. 그러나 일어나려고 해도 꼼짝달싹할 수가 없었다. 잠이 덜 깨서가 아니라 팔다리가 모두 침대에 묶여 있어서였다. 눈을 제외한 얼굴 전체를 가리고 있는 검은 복면을 한 남자 세 명이 눈에 들어왔다. 세 사람 모두 군복 바지에 군청색 러닝셔츠를 입고 있어서, 얼핏 보면 여기가 군부대가 아닐까 하는 착각이 들 정도였다. 세 명 중 가장 덩치가 크고 러닝셔츠 아래 단단한 근육이 두드러져 보이는 이가 나에게 다가왔다.

"그만 좀 처주무세요."

"네, 네!"

나는 다급하게 대답했다.

"검객님 이리 와서 사진 좀 찍어요."

근육이 말하자, 그 뒤에 서 있던 뚱뚱한 남자가 핸드폰을 들고 다가왔다. 복면과 러닝셔츠가 땀에 흠뻑 젖어 있었는데, 필리핀의 더위에 몹시 고통스러워하는 것처럼 보였다.

"단백질님도 같이 찍어드릴까?"

검객이 근육에게 말했다. 근육의 닉네임이 단백질인 것 같았다. 그렇다면 자연스럽게 방구석에서 팔짱을 끼고 있는 남자가 떡만두일 것이다. 그는 170센티미터 정도의 키에 다소 왜소한 체구였다. 딱 봐도 탄력 없어 보이는 피부는 그가 중년의 나이를 넘어서고 있다는 것을 짐작케 했다. 단백질을 빼면 검객과 떡만두 두 명은 납치 같은 험악한 일과는 전혀 상관없는 인생을 살아온 사람처럼 보였다.

검객이 사진을 찍으려고 하자, 단백질은 손사래를 치면서 자리를 피했다.

"자, 고객님 웃으셔야죠."

나를 보며 검객이 나긋하게 말했다. 친절하지만 매너리즘이 묻어나는 말투였다. 검객은 서비스업에 종사했던 사람일지도 모르겠다는 생각이 들었다. 나는 시키는 대로 웃어 보였다. 물론 절대로 웃고 싶지 않았다. 울어도 시원찮을 판이었지만, 목숨이 위협을 받는 상황이라 없던 연기력도 쥐어짜낼 수밖에 없었다. 검객은 사진을 찍고 나서 잠깐 핸드폰을 만지작거렸다. 방금 찍은 사진을 누군가에게 전송하고 있는 듯했다.

"누가 절 납치하라고 하던가요?"

"그건 알 거 없고."

단백질이 잘라 말했다. 말투가 너무 단호해서 입을 다물었다. 대신 다른 쪽으로 머리를 굴리기 시작했다. 이들이 나를 납치한 이유는 짐작할 것도 없이 바로 돈일 것이다. 그렇지 않고서야 죽어도 신문에 기사 한 줄 나지 않을 나 같은 미물을 뭐 하러 납치하겠는가.

"모두 저희 사이트 고객이죠?"

세 명의 입꼬리가 동시에 올라갔다. 그 순간 납치를 사주한 자가 사장일 거라는 추측이 뇌리를 스쳤다. '저희 사이트 고객'이라는 말에 반응을 보인다는 것은 내가 회사 사이트와 관련된 사람이라는 걸 알고 있다는 뜻이다. 그렇다면 회사 관계자가 이들에게 납치 지시를 내렸을 개연성이 높다. 내 주변에서 이런 일을 서슴없이 지시할 인격을 가진 인간은 내가 아는 한 사장밖에 없다. 어쩐지 사장 놈, 휴가를 사흘이나 주더라니. 사이트가 잘되니까 내게 약속했던 지분을 챙겨주는 게 몹시 아까웠을지도 모른다.

평소에는 그렇지 않았는데, 이상하게 지금은 머리가 고속으로 회전하는 기분이었다. 아마도 위기의식 때문일 것이다. 그렇다면 내가 살아남기 위해서 할 수 있는 것은 뭘까? 이 세 명은 도박을 해서 큰돈을 잃은 사람들이다. 게다가 아직도 도박에 빠져 있을 가능성이 높았다. 회사 사이트만 이야기해도 미소를 짓고 있지 않은가? 그렇다면 이들에게 필요한 것은 도박 자금일 것이다. 따라서 세 명이 약속받은 금액보다 더 큰 금액을 부른다면 풀려날 가능성이 높다. 물론 지금 내가 할 수 있는 일도 돈을 내는 것밖에 없긴 했다.

"세 분이 저를 납치해서 얼마를 받기로 하셨는지 모르겠지만, 저를 풀어주신다면 무조건 그 금액 이상을 드리겠습니다."

"진짜야?"

방구석에 서 있던 떡만두가 물었다. 표정을 보니 미끼를 문 것 같았다.

"진짭니다. 제가 이 지경인데 설마 거짓말하겠습니까?"

떡만두는 내 눈을 잠깐 들여다보다가 두 명을 손짓으로 불러 모았다. 그리고 잠깐 이야기를 나누더니, 내게 다가왔다.

"얼마 줄 건데?"

"얼마 받으셨나요?"

"3천."

"네…… 3천만 원요……."

금액이 생각보다 소박해서 그런지 좀 아쉬울 정도였다. 물론 3천만 원이 결코 적은 돈은 아니다. 그렇지만 사람을 납치하는 위험천만한 일을 하면서 받을 정도의 보수는 아니라는 생각이 들었다. 하긴 몇십만 원에 사람도 죽인다는 소문이 도는 곳 아닌가. 다른 한편으로는 내가 감당할 수 있는 금액이라서 다행이라는 생각이 들었다. 내 은행 잔고가 3천6백만 원이었다. 나는 통 크게 말했다.

"그렇다면 10퍼센트 더 얹어서 3천3백만 원 드리겠습니다."

3백만 원을 남긴 이유는 한국에 돌아갈 비행기표가 필요했기 때문이다. 사장이 나를 납치한 거라면, 회사에 더 이상 남아 있을 이유가 없었다.

내 제안에 세 명이 다시 이야기를 나누기 시작했다. 뭐랄까, 이들의 의사결정 구조가 참 민주적이라는 인상을 받았다. 리더도 없고, 부하도 없는 평등한 조직. 그 때문인지 의사결정이 더디기는 했다.

하지만 처리는 신속했다. 내가 핸드폰 앱을 이용해서 3천3백만 원을 인출한 다음, 회사 도박 사이트의 사이버머니를 사서 각각의 계정으로 3분의 1씩 넣어주자마자, 셋은 다시 나를 차에 실어서 납치했던 호텔 앞에 데려가주었다. 내가 차에서 내리기 직전, 검객은 경찰에 신고했다는 소문이 귀에 들리면 그 즉시 이름 모를 섬에 매장될 거라고 친절한 목소리로 안내해주었다. 그러고 나서 지나가는 경찰에게 손을 들어 인사를 해 보였다. 복면을 쓰고 있음에도 경찰은 이들을 알고 있는지, 반갑게 손을 들어 인사했다. 이 나라의 치안에 대한 불신이 확고해짐과 동시에 이들의 협박이 진실일 것이라는 믿음도 확고해졌다.

나는 사무실에 들르지도 않고, 여권과 짐을 챙겨서 곧바로 공항으로 갔다. 지금으로서는 공항이 가장 안전한 곳이었다. 적어도 무장한 경찰들이 지키고 있으니까. 버스표 끊듯, 가장 가까운 시간의 한국행 표를 끊고, 비행기에 몸을 실었다. 필리핀 땅에서 이륙을 하고 나서야 비로소 살아났다는 것을 실감했다. 두 손에 고개를 묻고 한참을 비볐다. 내가 내 피부의 촉감을 느낄 수 있다는 게 이렇게 좋은 일인 줄 예전에는 몰랐다.

진짜의 맛

공항 근처 모텔에서 이틀 밤을 묵고 난 다음, 집으로 향했다. 되도록 내 행적을 감추고 싶었기 때문이다. 지하철이나 버스도 불안해서 택시를 잡아탔다. 그런데 가는 방향이 이상했다. 택시는 점점 한적한 산길의 국도로 접어들었다. 나는 기사에게 서울로 가는 게 맞느냐고 물었다. 그러자 그는 갓길에 차를 세웠다. 내가 어리둥절해 있는 사이 검은색 승합차 한 대가 다가와 택시 뒤에 멈춰 섰다. 불길했다. 나는 재빨리 택시에서 내리려고 했다. 하지만 문이 잠겨 있었다. 나는 기사에게 어서 문을 열어달라고 소리쳤다. 기사는 꿈쩍도 하지 않았다. 그사이 검은색 복면을 한 세 명의 사내가 택시를 에워쌌다. 복면이 눈에 익었다. 왠지 단백질, 검객, 떡만두 같았다. 셋은 칼을 꺼내 들고, 내게 나오라고 손짓했다.

그렇게 또 납치됐다. 사흘 사이에 두 번 납치라니. 그것도 같은 자들에게 말이다. 단백질과 검객이 나의 양쪽 팔을 끼고, 떡만두가 옆구리에 칼을 갖다 댔다. 팔에 힘을 줘봤지만, 두 덩치는 꿈쩍도 하지 않았다. 나는 세 사람을 번갈아 보며 이번에는 받은 돈의 두 배를 주겠다고 필사적으로 소리쳤다. 물론 그런 돈이 있을 리 없지만, 일단 살고 봐야 했다. 그때 짙게 선팅된 승합차의 창문이 열렸다.

"저분들에게 돈 줘봐야 소용없어요. 어차피 오늘 안에 다 탕진할 거예요. 그럼 저는 내일 또 당신을 납치하라고 시킬 거예요. 아시겠지만, 저분들 수고비가 좀 싸거든요."

많이 듣던 목소리였다. 앙칼이 승합차에서 고개를 내밀고 있었다. 순간 멍한 기분이 들었다. 나를 납치한 자가 사장이 아니라 앙칼이라니. 따지고 보면, 사장보다 앙칼이 훨씬 더 위험한 인물일 수 있었다. 하지만 나는 그저 사장이 나를 납치했을 거라는 생각에 사로잡혀 그녀를 염두에 두지 않았다. 단백질이 내 어깨를 툭 쳤다. 돌아보자, 승합차 안으로 들어가라는 턱짓을 했다. 물론 순순히 승합차에 타고 싶지는 않았다. 혹시나 하는 마음에, 나는 좌우를 둘러보면서 물었다.

"정말인가요? 정말 그새 제가 준 돈을 다 썼나요?"

그들의 입꼬리가 동시에 올라갔다. 답 없는 인간들.

"얌전히 타요. 이야기 좀 하자는 거니까."

생글생글 웃고 있는 앙칼의 표정을 보아하니 당장 죽일 것 같지는 않았다.

승합차 공간이 좁았기 때문에 나는 앙칼과 엇갈리게 마주 앉았다. 그리고 감시하듯 내 뒤로 단백질과 검객이 앉았고, 떡만두가 운전석에 앉아 시동을 걸었다. 승합차가 도로를 달리기 시작했다. 드라이브라는 생각이 들 정도로 그럭저럭 이야기하기 좋은 속도였다.

"필리핀에서도 당신이 나를 납치한 건가요?"

"갑자기 사라져서 당황했는데, 수소문해보니 필리핀에 있더라고요. 부끄부끄님을 다시 한국으로 데려올 방법을 생각해봤죠. 그래서 겁을 살짝 주기로 했답니다."

"이게 살짝 준 건가요!"

화가 치밀어서 나도 모르게 버럭 소리를 질렀다. 앙칼은 정색했다.

"당신이 저지른 죄에 비하면 아무것도 아니죠. 내 인생을 망친 건 물론이고, 여기 있는 이분들 인생도 망쳤잖아요. 안 그래요?"

"제가 언제요?"

"당신이 만든 도박 사이트에서 이분들이 돈을 모두 날렸으니까요. 이분들 도박에 빠지기 전까지는 평범한 삶을 살았어요. 헬스장 운영하셨던 분도 계시고, 사진관 하셨던 분도 계시고, 주민센터에서 일하셨던 분도 계시고. 그런데 지금 이분들이 하고 있는 일을 봐요. 딱 봐도 인생이 망가졌잖아요."

"그건 이분들 선택이죠."

"당신이 만든 사이트가 없었다면 이런 선택을 할 리도 없죠."

"우리 회사 사이트가 아니었어도 이분들은 이전에 다른 데서 도박을 하거나, 다른 불법적인 일이라도 하면서 살았겠죠. 그렇지 않고서 평범하게 살던 분들이 이렇게 능숙하게 납치하는 게 가당키나 해요?"

"절박하면 뭐든 척척 해낸답니다."

"그리고 전 위에서 시키는 대로……."

"또 그 소리."

앙칼이 내 말을 가로챘다.

"당신은 저분들이 잃은 돈으로 월급을 받아온 거예요."

예전에도 이런 대화를 나눴던 것 같다. 어쨌거나 앙칼 입장에서, 사장이 주는 월급을 받은 나는 죄인이다.

"그래요. 제가 죄인이라고 칩시다. 절 이렇게 감시하고 납치하는 앙칼님의 죄도 무시 못 하죠."

"부끄부끄님이 신고를 하면 전 경찰서에 갈 테고, 그럼 어쩔 수 없이 당신이 필리핀에서 불법 도박 사이트를 만든 사실도 이야기하게 되겠죠."

협박치고 매끄러웠다. 그래서 내가 협박을 당한다기보다는 뭔가 대단히 불리한 상황에 처해 있구나, 하는 생각이 들었다. 앙칼은 내 쪽으로 몸을 기울이며 말했다.

"벌써 몇 달이나 허비했네요. 이제 결정을 했으면 해요. 저를 도와서 당신 사장에게 복수할지 말지 말이죠."

한정식집에서 만났을 때나 지금이나 선뜻 말하기가 어려웠다. 정황상 도와주겠다고 말하는 게 살아날 수 있는 유일한 방법임에는 틀림없었다. 하지만 나를 두 번씩이나 납치한 앙칼을 돕는다는 것도 말이 안 되었다.

"만약 앙칼님을 돕지 않으면 어떻게 되죠?"

"글쎄요."

앙칼은 다시 몸을 젖히며 팔짱을 꼈다.

"참, 같이 일했다던 팀 동료분들하고 연락은 되셨나요?"

나는 고개를 가로저었다. 앙칼은 진심으로 걱정된다는 얼굴로 말했다.

"살아는 계셔야 할 텐데……."

갑자기 피가 발밑으로 쏠리는 느낌이 들었다.

"뭐, 조금 더 시간을 주죠. 제게 두 번이나 납치를 당해서 아직 마음이 안 풀렸을 수도 있으니까요. 그렇지만 시간을 무한정 줄 수는 없어요."

"대체 왜 저와 함께 복수를 하려고 하는 거죠?"

"두 가지 이유예요. 첫 번째는 단톡방에서 이야기할 때, 당신 아이디어가 꽤 쓸 만했다는 것. 두 번째는 당신 사장도 인정하는 당신의 프로그래밍 실력. 그거면 당신 회사를 어떻게 해볼 수 있겠죠. 그런데 저는 말이죠. 당신이 자발적으로 저를 도와줬으면 해요. 하고 싶은 걸 할 때 내는 아이디어가 가장 빛나는 법이니까요."

앙칼의 말을 듣고 보니, 그녀가 개설한 단톡방은 자신과 함께 복수할 동료를 뽑는 일종의 면접장이었다는 생각이 들었다. 어쩌면 나는 복수 모임에 가입해달라는 쪽지를 받았을 때 이미 앙칼이 쳐놓은 커다란 덫에 걸려들었는지도 모른다. 내가 창밖을 응시하며 침묵하는 동안 승합차는 서울로 진입했다. 그리고 주소를 부르지도 않았는데, 곧장 내 집 쪽으로 달렸다.

"제가 사는 곳을 아시나요?"

"그럼요. 언제나 지켜보고 있답니다."

앙칼은 내가 지금 협박을 당하고 있다는 사실을 잊을 정도로 상냥하게 말했다. 그사이 차는 필리핀으로 떠나기 전에 살았던 오피스텔 앞에 도착했다. 물론 지금도 주소지는 여기다. 처음 필리핀으로 갈 때만 해도, 출장이 그렇게 길어질 줄 몰라서 이런저런 정리를 하지 못했기 때문이다. 차에서 내리자 앙칼은 다정하게 손을 흔들어주었다. 마치 나의 호의를 얻으려는 듯이.

그날은 처음으로 푹 잤다. 누가 나를 납치하려고 하는지 알게 됐고, 그 장본인이 며칠 시간을 주겠다고 한 이상 다시 납치될 리는 없다고 생각했다. 그리고 내가 무슨 중요한 정부요원이나 뜯어먹을 게 많은 재벌도 아닌데, 설마 세 번이나 납치를 당할까 싶었다. 아니, 한 사람의 일생에서 세 번이나 납치당할 확률이 존재할까.

다음 날, 요란한 핸드폰 진동 소리에 눈을 떴다. 시계를 보니 오전 11시가 넘었다. 나는 졸린 목소리로 전화를 받았다. 그와 동시에 지금껏 들어보지 못한 욕을 10분간 들어야 했다. 사장이었다. 요지는 휴가가 끝났는데 왜 출근을 안 하느냐는 거였다. 뭐라고 대답해야 할지 차근차근 생각을 정리했다. 하지만 사흘 만에 두 번이나 납치당한 사연을 사장에게, 그것도 전화로 설명할 자신이 없었다. 그래서 지금 한국에 있으니 직접 찾아뵙고 말씀드리겠다고 말했다. 그리고 왜 말도 없이 한국에 왔느냐는 요지로 10분 정도 더 욕을 먹은 후에야 전화를 끊을 수 있었다.

오랜만에 들른 회사는 변함이 없었다. 여전히 피곤해 보이는 사람들로 가득 차 있었다. 사장이 한국 회사를 정리하고 도박 사이트에 올인할 계획이라는 소문이 돌기도 했었는데, 빈말이라는 생각이 들 정도였다. 사장실은 건물 가장 높은 층에 있다. 엘리베이터를 타고 올라가는 동안 이상하게 기분이 덤덤했다. 나를 보자마자 사장이 뭔가를 집어 던질 것이 충분히 예상되었지만, 납치를 겪은 후라 그런지 그런 것쯤은 애교처럼 느껴졌다. 역시 사람은 고난을 겪어야 단단해지나 보다.

덕분에 사장이 나를 보자마자 집어 던진 핸드폰을 침착하게 두 손으로 받아낸 다음, 별로 주눅 들지 않고 내가 그동안 겪은 일을 일목요연하게 이야기할 수 있었다. 사장은 처음에는 내 말을 믿지 않는 기색이었다. 지각한 것에 대한 변명치고는 스케일이 너무 컸던 것 같다. 하지만 아무렇지 않은 기색으로 핸드폰을 갖다주는 나를 보고, 내 말이 진짜라는 걸 눈치챘는지 앙칼의 신상에 대해서 그리고 나를 납치한 자들에 대해서 캐물었다. 납치당하기 바빴던 내가 그들의 신상을 알 리가 없었다. 다만 앙칼이 예전에 우리 회사 웹하드 사이트에 처음 올라왔던 동영상의 주인공이라는 것과 나를 납치한 세 명이 도박 사이트의 헤비유저라는 것밖에는. 내 말을 들은 사장은 눈을 감고 가만히 생각에 잠겨 있다가 입을 열었다.

"나 때문에 미안하게 됐어."

응? 이자가 죽을 때가 됐나? 직원에게 미안해하다니. 지금껏 덤덤하던 내 마음의 한 축이 살짝 무너지는 것 같았다.

"아닙니다."

"이번 건은 결국 내 일이니, 내가 알아서 처리할게. 너는 다시 필리핀으로 가. 이번에는 몇 년 있다가 올 거니까 주변 정리도 하고. 일이 바쁘니까 시간은 많이 못 줘. 다음 주까지 준비해."

"네. 감사합니다. 사장님."

나는 사장에게 꾸벅 인사를 했다. 그런데 내 착각인지 모르겠지만, 고개를 들 때 사장이 교활하게 눈동자를 굴리고 있는 것처럼 보였다. 찜찜했지만, 당신 눈빛이 수상하다고 따져 물을 수는 없었다.

일주일이 정신없이 지나갔다. 말이 몇 년이지, 출장이 아니라 이민을 가는 것이나 다름없었다. 준비할 게 그만큼 많았다. 그사이 앙칼에게서 연락이 오기도 했다. 나는 조금만 더 시간을 달라고 부탁했다. 사장이 필리핀으로 다시 출장을 가라고 해서, 가지 않을 핑곗거리를 마련할 시간이 필요하다고 둘러댔다. 조금 서툰 거짓말이라고 생각했는데, 앙칼은 순순히 믿어줬다. 나는 필리핀에 가면 제일 먼저 총을 사야겠다고 마음먹었다. 한국도 위험하고 필리핀도 위험하다면 차라리 총으로 확실하게 나를 지킬 수 있는 편이 더 안전할 거라고 생각했다.

일주일 후, 공항으로 향했다. 택시 안에서 스쳐 지나가는 창밖 경치를 눈여겨봤다. 몇 년은 보지 못할 풍경이라고 생각하니 괜히 좀 울적했다. 그런데 택시가 또다시 공항이 아닌 곳으로 향했다. 보나마나 납치라는 촉이 왔다. 나는 기사에게 당장 차를 세우라고 소리 질렀다. 기사는 순순히 차를 갓길에 세웠다. 하지만 이미 택시 뒤로 검은색 승합차가 따라붙은 후였다. 똑같은 사람들에게 세 번이나 납치를 당할 확률이 있기나 할까, 하고 의심했던 내가 저주스러웠다.

두 번째, 같은 차종의 승합차에 실렸다. 이번에는 앙칼이 보이지 않았다. 왠지 싸한 느낌이 들었다. 세 명은 말없이 나를 단단히 결박한 다음, 차를 몰았다. 한동안 침묵이 흘렀다. 하지만 때로 침묵이 알려주는 것도 있다.

"저를 죽이려는 건가요?"

단백질이 고개를 끄덕였다. 나는 다급하게 말했다.

"살려주세요. 돈은 원하는 대로 다 드릴게요."

그러자 검객이 말했다.

"그냥 조용히 있어요. 당신이 얼마를 주겠다고 하건, 우리가 받을 돈을 감당하기는 어려워."

"그게 무슨 말입니까?"

"당신네 회사 사장님이 우리한테 그랬어요. 1년에 사이트 총 수익금의 1퍼센트씩 평생 사이버머니 챙겨주겠대. 착수금도 꽤 컸지만, 이 제안이 썩 마음에 들더라고."

예상 밖이었다. 이번에 나를 납치하라고 사주한 자는 사장인가 보다. 하긴 나한테 5퍼센트 지분 챙겨주는 것보다는 이들에게 1퍼센트로 후려치는 게 훨씬 경제적일 것이다. 지금 분위기로 봐서는 순익의 1퍼센트라고 해도 결코 적은 돈은 아니다. 어쩐지 저자들의 신상을 캐묻더라니. 저자들을 없애겠다는 게 아니라, 살인청부를 하겠다는 속셈이었던 것이다. 게다가 주변을 정리하라는 지시 역시 나를 쥐도 새도 모르게 없애버리겠다는 계산속에서 나온 것이었을 테지. 사장이 나선 이상 앙칼처럼 여지를 두지는 않을 것이다. 감정적인 인간보다 계산적인 인간이 더 비정한 법이다. 상황은 절망적이지만, 숨이 붙어 있는 한 마지막까지 뭐라도 해봐야 했다. 그게 아무 말에 가까운 것일지라도.

"이봐요. 사장이 주겠다고 한 건 사이버머니일 뿐이에요. 그건 돈이 아니에요."

"무슨 소리야. 가상화폐로 바꿀 수 있는데."

검객이 말했다.

"그건 돈이 아니야! 돈이란 건 말입니다. 언제든 은행으로 가져가면 해당 가치만큼 금으로 바꿔준다는 신뢰 속에서 성립하는 거예요. 그리고 그걸 국가가 보증해준다는 말이죠. 하지만 사이버머니는 그렇지가 않잖아요. 그냥 그건 얼마만큼의 가치가 있을 거라는 막연한 믿음뿐이죠. 문자 그대로 가상일 뿐이에요."

"가상이든 뭐든 알 게 뭐야. 어쨌든 지금은 가치가 있으니 상관없어. 복잡한 얘기는 하지 마."

단백질이 짜증 섞인 목소리로 말했다.

"그게 아니라니까요. 막말로 사장이 어느 날 사이트를 폐쇄해버리면 당신들의 사이버머니는 그냥 사라지는 거란 말이에요. 그렇게 되면 가상화폐로도 바꿀 수가 없어요."

"장사가 잘되는데 왜 사이트를 폐쇄하겠어? 그리고 그 전에 가상화폐로 바꾸면 돼."

"그 전에요? 당신들이? 도박을 끊을 수가 있겠어요?"

내 말에 단백질과 검객의 입꼬리가 올라갔다. 운전을 하고 있는 떡만두의 얼굴은 볼 수 없었지만, 볼 것도 없다. 분명히 입꼬리가 올라갔을 것이다.

"당신들 대체 인생을 어쩌려고 그래요?"

"무슨 인생?"

단백질이 물었다.

"현실에서의 삶 말이에요."

"글쎄. 난 도박하는 게 더 즐거워. 그거면 됐어."

"우리에겐 그게 현실이에요."

검객이 거들었다. 내가 뭔가 더 말을 하려고 하는데, 떡만두가 말했다.

"이제 그만 좀 닥치지. 운전하는 데 방해돼."

단백질이 청테이프를 꺼내 내 입에 붙였다. 그래서 속으로 소리쳤다. '이 광신도들아! 차라리 신을 믿으라고!'

셋은 이름 모를 산속으로 나를 끌고 갔다. 떡만두는 내가 달아나지 못하게 나무에 결박했고, 검객과 단백질은 땅을 팠다. 나를 매장할 자리였다. 나는 격렬하게 고갯짓을 했다. 할 수 있는 게 그것밖에 없었다. 떡만두가 내 귀에 조용히 속삭였다.

"우리도 당신이랑 정 들었어. 이런 관계로 세 번이나 보는 게 쉽지는 않잖아. 돈도 많이 벌게 해줬고 말이야. 그래서 잔인하게 생매장하지는 않을 거야. 먼저 죽이고 난 다음에 묻을 거니까, 그렇게 고통스럽지는 않을 거야. 그러니까 지금 힘 빼지 말고 가만히 있어."

하지만 나는 지금 고통스러운 게 문제가 아니고 공포스러운 게 문제였다. 게다가 내 귀에 대고 나를 죽일 계획을 구체적으로 일러주는 게 훨씬 공포스러웠다. 나는 더 격렬하게 고개를 흔들어댔다. 그러나 떡만두는 오히려 팔을 걷어붙이고, 곁에 있던 삽을 집어 들었다.

떡만두는 왜소하기는 했지만 단백질이나 검객에 비해 삽질에는 더 요령이 있었다. 덕분에 땅 파는 속도는 눈에 띄게 빨라졌다. 그만큼 내가 죽을 시간 역시 더 빨리 다가오고 있는 셈이었다. 차곡차곡 쌓이는 흙더미가 내 생명을 재촉하는 모래시계처럼 느껴졌다. 그런데 그때였다. 멀리서 사이렌 소리가 들려왔다. 순간 셋이 동시에 삽질을 멈췄다. 이어 발걸음 소리가 들려왔다. 한 명이 아니라 여러 명이었다. 분명히 내가 있는 방향으로 소리가 몰려왔다. 또다시 사이렌 소리가 들렸다. 셋은 재빨리 눈빛을 주고받다가 삽을 내팽개치고, 소리가 다가오는 쪽과 반대 방향으로 달아났다.

잠시 후, 사이렌 소리를 낸 주인공이 모습을 드러냈다. 앙칼이 확성기를 든 채 서 있었다. 그리고 그녀 주위로 건장한 남자 세 명이 병풍처럼 둘러싸고 있었다. 희망이 순식간에 절망으로 바뀌었다. 이건 뭐 납치한 사람을 또 납치하겠다는 건가. 앙칼이 다가와서 내 입을 틀어막고 있던 청테이프를 떼주었다. 나는 흡, 하고 크게 숨을 들이마셨다.

"부끄부끄님이 공항으로 간다길래 납치하려고 했는데, 그럴 필요도 없겠네요."

"저를 어쩌실 건가요?"

나는 애절한 눈빛으로 물었다.

"어쩌긴요. 오랜만에 다시 이야기나 좀 나눠보죠."

앙칼이 내 결박을 풀어주면서 말했다. 이렇게 나는 또 납치를 당했다. 하지만 이 정도면 고마운 편에 속하는 납치였다.

그러나 앙칼과 함께 차를 타고 가면서 고마움은 점점 의심으로 바뀌었다. 혹시 앙칼이 검객, 단백질, 떡만두에게 사주해서 나를 납치해놓고 일부러 구해주는 척 연기를 한 게 아닐까? 그렇다면 이건 유치하긴 하지만 나와 사장을 이간질하고, 동시에 나를 자신의 편으로 끌어들이기에 딱 좋은 연극일 수 있었다. 한번 의심이 생기자 세 사람이 나를 파묻기 직전에 나타나는 타이밍도 수상했고, 사이렌 소리가 나자 셋이 짠 듯이 달아나는 것도 수상했다. 앙칼이 내 기색을 살피다가 말했다.

"혹시 저를 의심하는 거예요?"

예전 단톡방에서도 느낀 거지만, 앙칼은 예리한 구석이 있다. 나는 순순히 고개를 끄덕였다.

"뭐가 그렇게 의심스러운 건데요?"

나는 방금 들었던 생각을 털어놓았다. 그러자 앙칼은 소리 내어 웃었다.

"미안해요. 그렇게 의심한다면 딱히 할 말은 없어요. 그렇지만 물어보죠. 사장과 당신을 이간질하기 위해 내가 이런 연극을 꾸몄다고 생각하는 근거가 뭐예요?"

"아까 납치당할 때, 그놈들이 그랬습니다. 사장이 나를 납치하라고 시켰다고. 착수금도 주고 도박 사이트에서 나는 순익의 1퍼센트를 주겠다고 했답니다."

"그게 왜 제가 이런 연극을 꾸몄다는 근거가 되는 거죠? 당신 사장이 시켰다면서요? 그럼 먼저 그 말을 믿어야 하는 거 아니에요?"

"하지만 저를 납치한 놈들은 얼마 전까지 앙칼님의 사주를 받던 자들이에요. 앙칼님이 사장과 저 사이를 이간질하려고 납치극을 벌이고 있는지도 모르죠."

"물론 그자들이 당신을 납치한 건 사실이지만, 제가 시킨 건 아니에요. 명심하세요. 그 사람들은 부끄님이 제시한 3천3백만 원도 받아 챙겼다고요. 아시겠어요? 돈만 주면 뭐든 하는 사람들이에요. 게다가 순익의 1퍼센트니 뭐니 하는 말들은 뭐예요? 그런 대사까지 제가 직접 썼다는 얘기예요?"

못 쓸 것까지는 없지만, 그렇다고 그런 상세한 대사를 굳이 쓸 이유도 없어 보였다. 무엇보다 검객이 이 말을 할 당시를 떠올려보면 외운 대사를 읊고 있다는 느낌은 들지 않았다. 혼란스러웠다. 정말 사장이 시킨 건지, 앙칼이 지금 연극을 하고 있는 건지, 좀처럼 판단이 서지 않았다.

"정 의심스러우면 제가 기회를 한 번 더 드리죠. 내일 회사에 가서 당신 사장을 만나서 물어봐요. 그게 제일 확실하지 않겠어요?"

"그럼 저를 풀어준다는 말씀인가요?"

"그럼요. 잡아둬서 뭐 하게요? 난 당신 도움이 필요한 사람이라는 걸 잊지 마세요."

하긴 그건 또 그렇다. 내 도움이 필요한 만큼, 앙칼이 나를 쉽사리 죽이지는 못할 것 같았다.

"그럼 제가 판단할 수 있게 조금만 더 시간을 주세요. 이번에는 절대 딴 데로 새지 않을 겁니다."

나는 앙칼을 만난 이래 가장 진지한 표정으로 말했다. 앙칼은 가볍게 고개를 끄덕였다. 시계를 보니 오후 6시쯤이었다. 때마침 퇴근 무렵이었다. 나는 내일이 아니라 오늘 당장 회사로 가서 사장을 만나기로 마음먹었다. 정말 사장이 나의 납치와 살인을 지시한 것이라면, 나를 놓쳤다는 것도 그의 귀에 들어갔을 것이다. 그렇다면 내가 자신을 피해 어딘가에 잠적해 있을 거라고 생각할 수도 있다. 나는 그 생각을 역이용해야겠다고 생각했다. 예상치 못한 순간에 사장의 눈앞에 나타났을 때, 그의 표정을 살펴볼 작정이었다. 말로는 속일 수 있어도 감정은 속이기 어렵다. 특히 사장처럼 제 성질을 못 이기는 축이라면 더더욱 그럴 것이다. 나는 앙칼에게 회사 근처로 가달라고 했다.

앙칼은 회사 입구 근처에 차를 댔다. 나는 시트에 깊숙이 기댄 채 몸을 숨기고, 사장의 퇴근을 기다렸다. 10분쯤 기다렸을까. 앙칼이 저 사람 같은데요, 하며 누군가를 손가락으로 가리켰다. 앙칼의 손가락 끝에 막 건물 입구를 나서려는 사장이 걸려 있었다. 나는 차에서 내려 재빨리 사장에게 다가갔다. 운전기사가 차 문을 여는 동안 그가 차 곁에 멈춰 섰다. 나는 사장의 뒤에서 사장님, 하고 불렀다. 사장은 움찔하더니 슬쩍 고개를 돌렸다. 그리고 나를 확인하자 눈을 동그랗게 떴다. 들고 있던 가방을 툭, 떨어뜨리기까지 했다. 사장이 이렇게까지 소심했던가. 나는 다짜고짜 물었다.

"혹시 제게 할 말 없으십니까?"

"무, 무슨 말?"

"절 납치하라고 시키셨다면서요?"

"내가? 너를?"

"네."

"무슨 말도 안 되는 소리를 하는 거야? 너 지금 나를 범죄자 취급하는 거야, 뭐야? 내가 왜 너 따위를 납치해? 출장 가라고 했더니 출장은 안 가고, 뭐 납치?"

"정말 아닙니까?"

"미친 새끼! 꺼져! 내일부터 나오지 마."

사장은 내 어깨를 세게 밀친 다음, 황급하게 차에 탔다. 내가 재빨리 그를 붙잡으려고 했지만 대기하고 있던 운전기사가 나를 말렸다. 사장은 차창을 올렸다. 짙게 선팅된 유리가 그의 얼굴을 가렸다. 나는 사장님, 하고 소리쳐 불렀지만 그는 대답하지 않았다. 운전기사는 진정하라는 말을 남기고 다급하게 운전석으로 달려갔다. 나는 우두커니 서서 사장을 태운 차가 사라지는 것을 지켜봤다.

앙칼이 다가왔다. 나는 앙칼과 사장 차가 사라진 도로를 번갈아 바라봤다. 지진이 일어난 것도 아닌데, 발밑이 흔들리는 느낌이 들었다. 나는 대체 누구를 의심하고 누구를 믿어야 하는가? 사장을 만나면 뭔가가 더 또렷해질 줄 알았는데, 오히려 무엇 하나 확실해지지 않았다. 앙칼이 말했다.

"내 동영상이 세상에 퍼졌다는 걸 알았을 때, 차라리 현실감이 없었어요. 죽고 싶을 때조차 그랬어요. 하지만 다시 살아야겠다고 마음먹게 됐을 때, 생각한 게 있었어요."

"그게 뭔데요?"

"모두를 믿을 수 없다면, 가장 확실한 것부터 믿어야겠다는 것."

"가장 확실한 게 뭐였나요?"

"내 마음이 가리키는 것이요. 그때는 그게 복수였죠. 거기서부터 시작하면 되겠더라고요. 가죠, 이제."

앙칼이 씁쓸하게 말했다.

다음 날 아침, 나는 문자로 회사에서 해고되었음을 통보받았다. 분명히 누군가로부터 생명의 위협을 받고 있는데, 이제 돈도 없고 직장도 없다. 껍데기를 잃어버린 갑각류 같았다. 다 잃었으니 이제 이판사판이다. 험한 일도 한꺼번에 당하다 보니, 없던 배짱이 생겨났다. 어차피 죽을 거라면 대차게 들이받고 죽어야겠다고 마음먹었다. 어제 앙칼이 내게 해줬던 말이 떠올랐다. 나도 내 마음이 가리키는 걸 믿기로 했다.

다음 날, 출근 시간이 되자마자 사장실로 찾아갔다. 비서가 말렸지만, 막무가내로 밀어젖혔다. 문을 열고 들어가자 책상맡에 앉아 신문을 펼치고 있는 사장이 보였다. 내 인기척을 느꼈는지 그가 나를 향해 눈길을 돌렸다. 서로 눈이 마주쳤다. 사장은 움찔했다가 이내 근엄한 표정을 지었다. 하지만 움찔하는 표정만으로도 속내를 엿본 것이나 다름없었다. 전에 없이 사장이 가벼워 보였다. 비서가 뒤따라 들어왔다. 나는 사장에게 말했다.

"필리핀 얘긴데, 비서가 들어도 괜찮겠어요?"

사장의 얼굴이 갑자기 시뻘게졌다. 눈가가 바르르 떨리는 게 애써 화를 눌러 참고 있는 것 같았다. 사장은 비서에게 나가라는 손짓을 했다. 그는 목례를 하고 물러났다. 나는 사장실 문이 잠기는 걸 확인하고 사장의 책상 앞으로 갔다. 사장은 눈을 치켜떴다.

"원하는 게 뭐야?"

"돈이요. 퇴직금 주세요. 10억쯤."

"미쳤어? 네가 한 게 뭐 있다고?"

"왜 없어요? 필리핀에서 도박 사이트도 만들었잖아요."

"그게 왜? 뭐 경찰서에 가서 불게?"

"못 할 것도 없죠."

사장은 허, 하고 너털웃음을 지었다. 기가 찬다는 표정이었다.

"너도 가담자야. 나만 잡혀 들어가는 게 아니야."

"그래요. 하지만 종범이 주범보다는 형량이 낮겠죠. 저는 이제 잃을 게 없어요. 오히려 교도소가 바깥세상보다 안전할 수도 있어요. 적어도 거긴 나를 노리는 자들이 없을 테니까. 하지만 사장님은 저보다는 잃을 게 많겠죠."

사장은 자리에서 벌떡 일어나 나를 때리려고 손을 치켜들었다. 나는 녹음기를 꺼냈다. 이미 사장실에 들어서기 전부터 녹음 버튼을 눌러놓은 상태였다. 증거야말로 나의 무기니까.

“때려주면 더 고맙고. 이거 언론에다가 알리면 특종이겠죠?”

사장은 나를 매섭게 노려보다가 손을 내렸다.

“10억이면 되겠어?”

역시 사업가답게 셈이 빠르다.

“더 주실래요?”

“그 정도로 하지. 자꾸 욕심 부리면 나도 가만 안 있어.”

“그러죠. 서로 좋은 게 좋은 거니까. 지금 송금해주세요.”

사장은 인터폰을 눌러서 비서를 호출했다.

“차 대기시켜. 은행 갈 거야.”

나는 사장에게 손가락으로 하트를 보여주었다. 사장은 나를 죽일 듯이 노려봤다.

은행 일은 무사히 끝났다. 사장은 밤길 조심하라는 말을 남기고 떠났다. 끝까지 깔끔하지 못한 놈이다. 물론 밤길 조심하라는 말은 진심일 것이다. 나는 거리에 서서 내 계좌에 입금된 10억을 봤다. 사이버머니가 아니라 진짜 10억이다. 평생 일해야 겨우 만져볼 만한 금액. 갑자기 웃음이 나서 크게 웃어버렸다. 지나가던 사람들이 나를 미친놈으로 보든 말든.

실재와의 대면

앙칼에게 연락했다. 지금으로서는 그녀의 복수를 도와주는 것이 나의 안전을 보장받는 길이라고 판단했다. 사장 입장에서야 10억 정도 사라지는 것은 그리 큰 타격이 아닐 수 있다. 하지만 그는 남에게 빼앗기고 사는 성격이 못 된다. 게다가 아랫사람이 자신에게 대드는 것은 더욱 견디지 못하는 사람이다. 사장은 정말 나를 가만두지 않을 것이다. 때문에 사장에게서 돈을 받아내는 순간 모든 것이 명확해졌다. 통장에 든 10억이라는 것도 내가 살아 있어야 가치가 있는 법이다. 쓰지 못하는 돈이란 그야말로 찍혀 있는 숫자, 가상에 불과하다.

신호음이 한 번 울리자마자, 기다리고 있었던 것처럼

앙칼이 전화를 받았다. 나는 복수를 도와주겠다고 했고, 앙칼은 그렇다면 지금 자기 집에 와줄 수 있느냐고 물었다. 나는 당연히 가겠다고 했다. 사장이 나를 손보기 전에 어딘가로 숨을 필요가 있었으니까. 그렇다면 앙칼의 집이 가장 안전한 곳일 수도 있었다.

앙칼의 집은 빌라들 사이에 끼어 있는 빨간 벽돌의 2층 건물이었다. 내가 어렸을 때나 봤던 집이어서 타임머신을 타고 과거로 온 것 같은 기분이 들었다. 살짝 낙후된 듯하면서도, 우리나라 어느 도시에 옮겨놔도 어색하지 않을 만큼 평범한 느낌이라 오히려 숨어 있기 좋았다. 초인종을 눌렀을 때, 머리 위로 비행기가 엄청난 소음을 내며 낮게 날았다.

집 내부는 겉모습과는 많이 달랐다. 바닥에는 하얀색 대리석이 깔려 있어 깨끗한 느낌을 주는 반면, 벽에는 흩뿌려진 피처럼 빨간색 물감이 캔버스에 어지럽게 튀어 있는 추상화들이 걸려 있어 살인 현장 같은 느낌을 자아냈다. 소박하면서 세련돼 보이는 책장이나 테이블 모두 언젠가 가구 카탈로그에서 봤던 북유럽 스타일 같았다. 진짜 북유럽에서 왔다면 엄청난 고가일 것이다. 분위기로 봐서는 정말 북유럽에서 온 것 같지만. 그래서인지 이국의 고위급 스파이가 은신하고 있는 곳처럼 보이기도 했다.

앙칼은 하얀색 트레이닝복 차림으로 나를 맞았다. 평소의 세련된 모습과는 매우 달라서 나는 조금 어리둥절했다.

"큰 싸움 벌일 거잖아요. 언제나 달릴 준비를 해야죠."

앙칼이 비장하게 말했다. 그래도 하얀색은 좀 아니지 않나 하는 생각이 들었다. 앙칼은 나를 테이블에 앉혀 놓고 차를 내왔다. 찻잔도 고급스러웠고, 차향도 고급스러웠다. 새삼 앙칼이 돈을 좀 벌었다는 말이 빈말이 아님을 실감했다. 나는 차를 한 모금 마시고 나서 단도직입적으로 말했다.

"복수할 방법은 뭔가요?"

"이제부터 찾아야죠."

"네?"

"복수할 방법을 찾으려고 제가 부끄부끄님의 마음을 돌리려고 한 거잖아요."

어이가 없다는 말을 이럴 때 두고 하는 건가 싶었다. 나를 납치해댈 때만 해도 뭔가 있을 것 같더니 그냥 복수하겠다는 마음만 먹고 있었던 게 아닌가. 대체 지금까지 복수 계획은 안 짜고 뭘 했나 싶었다.

"그렇지만 계획이 아주 없는 건 아니에요. 크게 두 가지가 있어요."

그럼 그렇지. 이만큼 부를 꾸릴 정도로 능력이 있는 사람이 아무 일도 안 했을 리가 없다.

"그게 뭔데요?"

"첫 번째는 그 자식의 불법 도박 사이트를 없애는 것. 두 번째는 음…… 아직 말할 수 없어요. 나중에 이야기해 드릴게요. 첫 번째 계획을 실행한 다음에요."

"그럼 불법 도박 사이트를 어떻게 없앨 계획인가요?"

"그건 부끄부끄님이 생각해야죠. 제 계획은 여기까지예요."

나는 앙칼을 물끄러미 바라봤다. 결국 무대책이었구나, 하는 생각이 들었다. 두 번째 계획이 있다고는 하지만 지금으로서는 들어보나 마나일 것이다. 나한테 말하기도 부끄러운 수준이겠지.

"부끄부끄님은 도박 사이트를 개발한 분이니까, 어떻게 하면 없앨 수 있는지 잘 알 거잖아요."

"그러니까 해킹이라도 하라는 말씀인가요?"

"뭐…… 가능하다면요."

"그래도 사이트 자체를 없애기는 어려워요."

"그럼요?"

앙칼이 대책을 세워달라는 눈빛으로 나를 쳐다봤다. 그래서 얼떨결에 고민을 하게 됐다. 이 집에 들어설 때만 해도 나는 앙칼이 짜놓은 복수 계획에 장기 말처럼 움직이기만 하면 되는 줄 알았다. 그런데 그녀는 나더러 숫제 장기를 두라고 하다니. 그것도 이겨야 하는 장기를.

차근차근 생각했다. 일단 나는 해커가 아니다. 하지만 내가 가지고 있는 사이트 설계 지식을 바탕으로 실력 좋은 해커가 붙으면 해킹 자체는 어렵지 않을 것이다. 그렇다고 사이트를 폐쇄시킬 수는 없지만, 사이버머니를 엉뚱한 계정으로 옮기거나 없애버릴 수는 있다. 그것만 해도 충분하다. 사이버머니에 대한 믿음이 무너지면 사람들은 새로운 도박 장소를 찾아 이동할 것이다. 그런데 여기에는 문제가 있다. 이 모든 것에 접속할 수 있는 관리자 계정은 사장의 핸드폰에 있다. 그러니까 사장의 핸드폰에 먼저 해킹 프로그램을 심어야 한다. 하지만 이거야말로 고양이 목에 방울 달기다. 내가 다시 사장을 만난다면 살아 나오지 못할 수도 있다. 그래도 일단 나는 지금까지 생각한 것을 앙칼에게 말해주었다.

"그럼 어떻게 해서든 사장 핸드폰에 해킹 프로그램부터 심어야겠네요."

"이게 가능하려면 해커와 해킹 프로그램도 구해야 하지만 사장 핸드폰도 훔쳐야 한다니까요."

"역할을 나누죠. 해커와 해킹 프로그램 구하는 건 제가 해볼 테니까, 사장 핸드폰 훔치는 건 부끄부끄님 계획대로 할게요."

"사장 핸드폰 훔치는 게 가장 힘든 일인데요?"

"일을 효율적으로 하자면 서로 잘할 수 있는 걸 해야겠죠? 뭔가를 구하는 건 사업을 해본 제가 잘할 거고, 사장과 관계된 일은 그 자식을 오래 겪어본 부끄부끄님이 저보다는 낫겠죠. 안 그래요?"

반박하고 싶었지만, 설득력 있는 말이었다. 나는 또 얼떨결에 네, 하고 대답하고 말았다. 앙칼을 만난 이후 이상하게 자꾸만 그녀에게 휘말리고 있었다. 그래도 지금은 멈출 수가 없었다.

"그럼 한 가지만 부탁해도 될까요?"

"뭘요?"

"좀 재워주세요. 집에 가면 사장이 저를 죽일 거예요."

"왜요?"

"제사 사장을 협박해서 돈을 좀 뜯어냈거든요."

나는 비루하게 웃었다.

"재워드려야죠. 사장의 적은 언제나 제 편이니까요."

앙칼은 내게 손을 내밀었다. 나는 그 손을 맞잡았다. 따뜻하고 작았지만, 손바닥의 굳은살 때문에 딱딱하고 거칠기도 했다. 그녀가 얼마나 고생하며 살아왔는지 짐작할 수 있었다. 문득 앙칼에게 미안해졌다.

앙칼이 내준 방은 2층의 빈방이었다. 다행히 피가 튄 것 같은 추상화는 걸려 있지 않았다. 무난한 공간이었지만, 쉬이 잠은 오지 않고 여러 가지 생각만 겹쳤다. 내 인생이 어디로 가고 있는지, 어떻게 될지 알 수가 없었다. 놈에게 복수하지 않았다면, 그저 참고만 살았다면, 내 인생이 이렇게 되었을까? 어쩌면 필리핀에서, 도박 사이트 개발로 언젠가 떨어질 몫만 바라보며 살아가고 있었을지도 모른다. 그래도 사장은 날 가만 놔두지 않았을 것이다. 어떻게 보면 10억이라도 받고 사장에게 엿이라도 먹인 게, 참고 살다가 영문도 모른 채 죽는 것보다는 나을 수 있었다. 이왕 이렇게 된 거 조금만 더 상상력을 발휘해보기로 했다. 무엇을 상상하든 그걸 이뤄줄 앙칼의 자금력이 있지 않은가.

일주일이 지났다. 그사이 앙칼은 해커와 함께 사장의 스마트폰을 해킹할 프로그램을 구해 왔다. 그녀는 어두운 경로로 뭔가를 구하는 데 익숙한 것 같았다. 어쩌면 돈도 그렇게 벌었을지 모른다. 나도 사장에게서 핸드폰을 훔쳐낼 계획을 짰다. 어느 정도 운이 따라줘야 하는 계획이기는 했지만, 지금으로서는 이 방법밖에 없었다.

나는 먼저 사장에게 전화를 걸어서 만나자고 했다. 10억도 받았으니 답례로 저번에 사장실에서 둘이 나눈 대화를 녹음한 파일을 건네주겠다고 했다. 이번에도 사장은 10분쯤 욕을 하고 난 뒤에 만남에 응했다. 하여튼 뭐든 한 번에 해주는 게 없는 인간이다. 만날 장소는 내가 정했다. 사방이 뚫려 있는 해변의 모래사장이었다. 사장이 아무리 화가 나도 모래 말고는 집어 던질 게 없는 곳이기도 했다. 이어 나는 사장이 쓰는 것과 같은 기종의 핸드폰을 하나 구했다. 그리고 해킹 프로그램이 든 USB도 해커로부터 건네받았다. 마지막으로 앙칼에게 해변 주변에 사람을 심어달라고 했다. 사장이 나를 곱게 보내줄 것 같지가 않아서였다.

겨울을 채 벗어나지 못한 해변은 황량했다. 해수욕장으로 이름이 난 곳도 아니어서 더욱 그랬다. 그곳에서 나는 사장과 마주 섰다. 서부극에서 악당과 결투하게 된 총잡이가 된 것 같은 심정이었다. 그러나 여기서 발사할 것은 총알이 아니라 욕이었다. 사장은 턱을 치켜들고 나를 노려봤다. 나는 일부러 비웃음을 흘렸다.

"많이 컸다. 인사도 안 해?"

"내가 인사를 왜 해? 내 사장이라도 되냐?"

사장은 눈을 지그시 감았다가 떴다. 화를 참는 모양이었다.

"파일 내놔."

"파일 없어."

"이 새끼가 돌았나. 뭐? 파일이 없어?"

"없다. 이 개새끼야."

일단 개새끼라고 한마디 던지고 나니 입이 풀린 느낌이었다. 나는 그동안 사장에게 배운 욕을 고스란히 되돌려주었다. 그런데 하면 할수록 신이 나서 깜짝 놀랐다. 이 맛에 사장이 그렇게 욕을 해댔구나. 사장의 얼굴이 달아오른 인덕션처럼 붉어지더니 버럭 소리를 질렀다.

"닥쳐, 이 새끼야. 너 죽여버릴 거야!"

"죽일 테면 죽여봐라, 이 쫄보 새끼야."

나는 메롱, 혀를 내밀었다. 유치했지만 놀릴 때는 이런 게 더 먹히는 법이다. 그 순간 사장은 들고 있던 자신의 핸드폰을 냅다 집어 던졌다. 됐다! 핸드폰은 정확하게 내 안면을 강타했다. 엄청 아팠지만 참았다. 나는 얼굴을 잡고 웅크리면서 모래사장에 주저앉았다. 그리고 사장이 오기 전에 미리 준비해 온 핸드폰과 잽싸게 바꿔치기 했다. 그와 동시에 사장은 내게 달려들었고, 나는 정신없이 맞았다. 이 상황을 빨리 정리하기 위해서는 맞아주는 편이 나았다.

한참을 때리고 나서 사장은 지쳤는지 내가 바꿔치기한 핸드폰을 주워 들었다.

"넌 이제 죽었어."

사장이 돌아서자 해변 저 멀리서 한 무리의 남자들이 몰려왔다. 그럴 줄 알았다. 뒤끝이 없을 캐릭터가 아니다. 나는 사장의 핸드폰에 USB를 꽂았다. 사장은 남자들과 만나더니 나를 향해 손가락질을 했다. 그들은 고개를 끄덕인 다음, 나를 향해 다가왔다. 하나같이 머리를 짧게 깎았고, 검은색 셔츠에 양복을 입고 있었다. 딱 봐도 조폭이었다. 그때 반대편에서 또 다른 무리의 남자들이 나타났다. 정확히 같은 복장을 하고 있었다. 이번에는 앙칼이 섭외한 조폭 무리였다. 다행히 앙칼이 부른 쪽의 인원수가 훨씬 많았다. 사장이 부른 조폭들의 두 배는 되어 보였다. 나를 가운데 두고, 양편이 대치했다. 사장 쪽 조폭들은 매우 당황한 표정이었다. 그중 가운데 선 이가 사장을 소리쳐 불렀다. 사장이 돌아섰다. 그때 해킹 프로그램의 다운로드 역시 끝났다. 핸드폰에 꽂혀 있는 USB를 다시 주머니에 넣고, 천천히 몸을 일으켰다. 하지만 팔과 다리가 탈구라도 된 것마냥 힘이 들어가지 않았다. 누군가 내게 손을 내밀었다. 역시 돈이 좋다. 조폭도 서비스라는 걸 해주다니. 나는 일어서자마자 앙칼이 섭외해준 조폭들 쪽으로 가서 섰다. 내가 두목이라도 된 것마냥 든든했다. 사장이 근처로 오자, 가운데 선 이가 불만 어린 얼굴로 그와 귓속말을 나눴다. 사장은 심각하게 고개를 끄덕였다. 무슨 이야기를 주고받았는지는 충분히 짐작할 수 있었다. 사장이 말한 것과 조건이 다르니, 이대로 물러나겠다는 것이겠지. 아마도 사장은 응할 수밖에 없을 것이다. 불리한 쪽은 그니까. 나는 사장을 불렀다.

"어이, 사장."

사장이 나를 돌아봤다. 하지만 아무 말도 하지 않았다. 아마도 내 뒤에 서 있는 조폭들 때문일 것이다. 비굴한 자식. 나는 사장의 핸드폰을 꺼냈다.

"내 거랑 바뀐 것 같아."

사장은 자신이 가져간 핸드폰을 꺼내서 화면을 켜보더니, 내게 핸드폰을 내밀었다.

"와서 가져가."

나도 핸드폰을 내밀었다. 사장은 아니꼬운 듯 한숨을 푹 내쉬고는 터덜터덜 다가왔다. 나는 사장을 향해 핸드폰을 힘껏 던졌다. 정확히 그의 안면을 강타했다. 사장은 나처럼 얼굴을 감싸 쥐고 주저앉았다. 하지만 사장이 섭외한 조폭 중 누구도 움직이지 않았다. 자신감을 얻은 나는 사장에게 다가가서 그의 손에 든 내 핸드폰을 잡아챘다. 많이 맞기는 했지만, 이로써 해킹은 할 수 있게 됐다. 사장을 쳐다보면서 속으로 말했다. '넌 이제 죽었어.'

나는 앙칼에게 메시지를 전송했다. '준비 다 됐어요. 지금 바로 시작하세요.' 해킹은 생각보다 빨리 끝났다. 앙칼의 집에 도착했을 때쯤, 해커는 사이트 내의 사이버머니를 모두 0으로 만들어놓았다. 나는 그 즉시 필리핀에 있는 팀장에게 전화를 걸었다. 이미 내가 퇴사했다는 소식을 들었을 테니 받지 않을 수도 있겠다고 생각했지만, 뜻밖에 그는 밝은 목소리로 재깍 받았다.

"오랜만이야. 회사 관뒀다며?"

"네. 그렇게 됐어요. 일도 힘들고 해서요."

"그래도 좀 참지. 지분도 있는데."

"팀장님, 지금 지분 얘기할 상황이 아니에요. 사장이 사이버머니를 전부 횡령했다는 이야기가 있어요."

"무슨 소리야? 이렇게 사이트가 잘되고 있는데, 사장이 그런 짓을 왜 해?"

"그거야 모르죠. 저도 들은 거니까요. 한번 확인해보세요."

"헛소문이겠지."

"그래도 모르니까 사이트라도 한번 들어가봐요."

"거참…… 잠깐만."

곧이어 수화기 너머로 이거 왜 이러지? 하고 팀장이 혼잣말로 중얼거리는 목소리가 들렸다.

"뭔가 이상한데?"

팀장의 목소리에서 당황스러움이 묻어났다.

"소문이 맞았어요?"

"글쎄. 문제가 생긴 건 맞는 것 같아."

수화기 너머로 전화벨 울리는 소리가 들려오기 시작했다. 한두 대가 아니었다.

"일단 끊어! 일 터진 것 같아."

팀장은 먼저 전화를 끊었다. 나는 앙칼을 돌아봤다. 그녀가 기대에 찬 눈으로 나를 바라보고 있었다.

"성공한 것 같아요."

"정말요?"

"네!"

앙칼은 환호성을 지르며 나를 얼싸안았다. 나도 앙칼을 꼭 안아주었다.

그날, 앙칼과 나는 2층의 테라스에서 조촐한 파티를 열었다. 와인을 마셨고, 기분 좋게 취했다. 앙칼도 제법 불콰해진 얼굴이었다.

"첫 번째 계획이 성공했으니까, 두 번째 계획이 뭔지 말해주세요."

앙칼은 와인을 한 모금 마시고 나서 살짝 미소 지었다. 그런데 어쩐지 쓸쓸해 보였다.

"글쎄요."

"또 그런다. 왜 자꾸 글쎄요만 말해요?"

"그것밖에는 할 말이 없네요. 이제 부끄부끄님 역할은 끝났으니, 제 역할이 남은 거죠. 두 번째 계획이 성공하면 부끄부끄님도 마음 편히 살 수 있을 거예요."

"대체 두 번째 계획이 뭔데 그래요?"

"음…… 사장이 가진 걸 모두 날려버릴 계획이랄까요."

나는 더욱 궁금해졌다. 앙칼은 계획성 있는 사람처럼 보이지 않았다. 오히려 보기와 다르게 무데뽀에 가까운 성격이었다. 그런 그녀가 사장이 가진 걸 어떻게 날려버린다는 것인지.

"그만 물어요. 더 이상 대답해주지 않을 거니까."

앙칼은 내게 건배를 제안했다. 나는 와인을 한 모금 마시면서 침묵했다. 때마침 비행기가 머리 위를 지나갔고, 앙칼은 눈으로 비행기를 좇았다.

다음 날은 일찍 눈을 떴다. 술을 제법 마신 날이면 오히려 잠이 빨리 깨는 편이었다. 시계를 보니 오전 6시 20분이었다. 목이 너무 말랐다. 물을 마시기 위해 자리에서 일어나려는데, 어둠 속에서 핸드폰 알람 등이 반짝거렸다. 앙칼로부터 메시지 하나가 와 있었다. '두 번째 계획을 실행하러 갑니다. 이렇게 몰래 사라져서 미안해요. 하지만 저의 행방을 아예 모르는 게 부끄부끄님에게 더 좋을 거예요. 짐은 내일 중으로 다른 사람이 가서 뺄 거예요. 그러니 부끄부끄님도 오피스텔로 돌아가세요. 이제 행복하게 사세요.' 뭐지? 이건 메시지가 아니라 수수께끼 같았다. 왜 자신의 행방을 모르는 게 좋다고 하는 걸까. 두 번째 계획이라는 게 뭐길래 내게도 행방을 감춰야 하는 걸까. 그때 뭔가 번뜩 생각이 떠올랐다. 앙칼은 사장의 모든 걸 날리겠다고 했다. 도박 사이트가 사라진 지금, 사장의 모든 재산은 그가 투자한 가상화폐거래소에 있었다. 항상 적자인 회사가 사장의 자산이라고 보기는 어렵다. 그렇다면 앙칼은 지금 가상화폐거래소를 날리겠다는 것인가? 앙칼의 무데뽀 성격이라면 혹시? 나는 즉시 옷을 입고, 사장이 거래하는 가상화폐거래소를 향해 달려갔다.

가상화폐거래소 근처 사거리에 다다랐다. 횡단보도 신호등이 빨간불이어서 기다릴 수밖에 없었다. 아직 출근 시간 전이어서 사거리는 붐비지 않았다. 한산했고 그래서 평화로웠다. 길 건너편 건물이 어슴푸레한 새벽 햇빛을 받고 서 있었다. 가상화폐거래소가 있는 건물이었는데 아직은 아무렇지도 않았다. 마침 사거리에 파란불이 들어왔다. 나는 횡단보도를 건너려고 했다. 그때였다. 쾅, 하는 폭발음이 들렸다. 이어 땅이 흔들렸다. 나는 반사적으로 주저앉으며 몸을 웅크렸다. 순간적으로 열기가 확 끼쳤다. 한쪽 팔을 들어 열기를 막고 고개를 들었다. 정확히 가상화폐거래소가 있는 층에서 불길이 치솟고 있었다. 앙칼이 말한 두 번째 계획이 이거였구나. 정말 사장이 가진 모든 걸 날려버렸구나. 나는 천천히 몸을 일으켰다. 화폐거래소인데, 불이 솟구치는 건물에서는 종이 한 장 날리지 않았다. 그러나 앙칼은 저기를 날리기 위해 수많은 돈을 썼을 것이다. 진짜가 가상을 날려버린 셈이었다. 나는 사거리에서서, 건물에서 튀는 불꽃과 내 얼굴에 끼치는 열기와 멀리서 들려오는 사이렌 소리를 느꼈다. 오감이 모두 열리는 기분이었다.

에필로그

그 후로 앙칼을 보지 못했다. 전화번호도 바뀌었고, 메신저 목록에도 사라져서 연락할 방법이 없었다. 앙칼이 사라지고 나서 반년쯤 지나자, 가상화폐거래소 폭파 사건은 범인이 오리무중인 채로 종결될 기미를 보였다. 그 사건을 다루는 기사도 대부분 자취를 감췄다. 가상화폐거래소가 있던 자리에는 헬스장이 들어섰다. 벌거벗은 근육질 남녀가 포즈를 취하고 있는 포스터가 커다랗게 내걸려 있었다.

사장도 보지 못했다. 아마도 쫄딱 망했을 것이다. 불법 도박 사이트는 폐쇄되었고, 회사는 문을 닫았다. 일자리를 잃은 직원들이 사장에게 밀린 임금과 퇴직금을 지급하라는 소송을 걸었다는 기사를 읽기도 했다. 한때 같이 일했던 동료였기 때문에 보고 싶기도 했지만 참았다. 내가 사장에게서 거액을 뜯어낸 사실을 알면 내게도 소송이 걸려올지 모른다는 노파심 때문이었다.

나는 아무 일도 하지 않았다. 돈이 있으니까, 뭐든 여유롭게 생각해볼 작정이었다. 하는 일이라고는 동네 주변을 산책하는 것이 전부였는데, 가끔 가상화폐거래소가 있던 건물 근처를 둘러볼 때도 있었다. 범인은 반드시 범행 현장을 다시 찾는다는 수사 격언에 따르자면, 앙칼도 여기에 다시 나타나지 않을까 하는 기대 때문이었다. 왜 앙칼이 자꾸만 생각나는지는 잘 모르겠다. 그녀를 여자로 좋아해서 그런 건 결코 아니다. 동영상으로, 메신저로, 오직 가상으로만 존재했던 그녀가 실제로 나타났을 때의 충격, 그것을 다시 느껴보고 싶은 것 같았다.

그런데 가상화폐거래소가 있던 사거리에서 나는 뜻밖의 인물을 목격했다. 사장이었다. 그는 검은색 양복 차림에 모서리가 닳아 있는 서류 가방을 들고 지금은 헬스장이 되어버린 가상화폐거래소를 우두커니 올려다보고 있었다. 등이 조금 굽어 있었는데, 그사이 많이 늙어버린 모양이었다. 그 모습을 지켜보고 있자니 이상하게 고통스러웠다. 나는 가슴 한쪽을 움켜쥐면서 자리에 주저앉았다. 진짜 그랬다.

작가의 말

한때 소위 판춘문에 빠져 살았던 적이 있었습니다. '네이트 판'의 게시판 사연들이 너무 재미있어서 저도 주부가 된 양, 그들의 바람을 피운 남편, 파렴치한 시댁 식구들에게 울분을 터뜨리며 며칠 밤을 샜는지 모릅니다. 그러다 너무 당연한 사실을 하나 깨달았는데, 우리를 억압하는 대상은 시어머니, 시아버지, 장모님, 장인어른, 남편, 부모, 연인, 직장상사, 학교 동창 등 모두 우리 곁에 있는 존재라는 점이었습니다. 그러니까 복수의 대상은 뜻밖에 가까운 곳에 있으며, 의외로 복수는 마음만 먹으면 시도해볼 수 있는 만만한 것일지도 모릅니다.

우리는 대부분 참고 삽니다. 참고 참다가 더러워서 내

가 참는다며 정신 승리하고, 이 더러운 세상과 화해하고, 그래도 스트레스가 풀리지 않으면 힐링도 합니다. 그렇지만 힐링하고 나면 복수하고 싶은 자들과 다시 대면해야 합니다. 그리고 다시 참고, 정신 승리하고, 화해하고 힐링하기를 반복합니다. 사실 힐링은 무엇도 해결해주지 않는 일시적인 마음의 안정이기 때문에, 그 끝에는 갖가지 방법의 힐링에 기꺼이 지갑을 열어야 하는 소비사회의 거대한 소용돌이만 있을 뿐입니다. 마음의 안정만큼 지갑도 비어갑니다.

힐링과 달리 복수는 격렬한 마음 씀이고, 복수에 성공해도 누군가를 상처 입혔다는 생각에 찜찜한 기분이 들지 모릅니다. 그렇지만 우리에게 분노라는 감정이 존재하고, 복수라는 행동에 열광하려는 마음 역시 존재한다면, 우리의 삶에 그것들이 필요하다는 반증일 수도 있습니다. 세상에 존재하는 것은 그것이 필요하기 때문이니까요. 힐링은 지갑을 비게 만들지만, 분노는 우리 삶의 조건을 바꿉니다. 깐족거리는 인간에게 치받았을 때, 잔소리하는 어른 앞에서 과감하게 짜증을 냈을 때, 그리고 거대한 분노가 촛불로 타올랐을 때, 우리의 삶이 어떻게 바뀌었는지 떠올려보았으면 합니다. 그게 이 소설을 쓴 이유이기도 합니다.

이번에는 유난히 표지에 신경을 썼습니다. 사실 작가는 원고를 넘기고 나면 표지밖에 신경 쓸 게 없습니다. 두 가지 표지가 선정되었는데, 저로서는 너무 고민이라 톡으로 친구들에게 물어봤습니다. 압도적인 다수가 현재의 표지를 지지해주었고, 고민을 쉽게 끝낼 수 있었습니다. 표지 선정에 애써준 친구들, 그들의 부서원들 혹은 팀원들, 그들의 가족들 그리고 다른 표지를 지지한 소수의 대학원 후배들 모두에게 감사를 전합니다. 마지막으로 혹시 바쁜 와중에 귀찮음을 무릅쓰고 표지 선정에 참가해주신 분들이 있다면 말씀드립니다. 여차하면, 복수를 합시다. 물론 저에게.

2020년 여름

배상민

복수를 합시다

초판 1쇄 인쇄일 2020년 7월 13일
초판 1쇄 발행일 2020년 7월 31일

지은이 배상민
펴낸이 정은영
편집 김정은 정사라
마케팅 이재욱 최금순 오세미 김하은
제작 홍동근

펴낸곳 (주)자음과모음
출판등록 2001년 11월 28일 제2001-000259호
주소 04047 서울시 마포구 양화로6길 49
전화 편집부 (02)324-2347, 경영지원부 (02)325-6047
팩스 편집부 (02)324-2348, 경영지원부 (02)2648-1311
이메일 munhak@jamobook.com

ISBN 978-89-544-4466-8 (03810)

이 도서의 국립중앙도서관 출판시도서목록(CIP)은 서지정보유통지원시스템 홈페이지
(http://seoji.nl.go.kr)와 국가자료공동목록시스템(http://www.nl.go.kr/kolisnet)에서
이용하실 수 있습니다.(CIP제어번호: CIP2020028324)